STILL
TIRS GROUPÉS

Du même auteur :

à L'instant même :

L'attrait, nouvelles, 1994.
L'attachement, roman, 1995.
Légende dorée, roman, 1997.

au Noroît :

Vita chiarra, villa oscura, poésie, 1994.
Le corps pain, l'âme vin, poésie, 1995.
Consolations, poésie, 1996.
Ombres convives. L'art, la poésie, leur drame, leur comédie, essai, 1997.
Dieu sait quoi, poésie, 1998.

à l'Hexagone :

Sommes, poésie, 1989.
Chutes ; la littérature et ses fins, essai, 1990.
Fonds suivi de *Faix*, poésie, 1992.

chez d'autres éditeurs :

L'omis, poésie, Champ Vallon, 1989.
Théâtre d'air suivi de *L'Avéré*, poésie, VLB, 1989.
Rehauts suivi de *Voire*, poésie, Noesis, 1992.
Voir et savoir : la perception des univers du discours, essai, Balzac, 1992.
L'un l'autre, poésie, Tarabuste, 1999.
Portrait d'un regard. Devant la fin, en collaboration avec Bernard Noël, poésie, Trait d'union, 2000.
Poétique du regard : littérature, perception, identité, essai, Septentrion et Presses Universitaires de Limoges, 2000.

PIERRE OUELLET

Still
Tirs groupés

roman

œuvres de Michel Bricault

L'instant même

Maquette de la couverture : Anne-Marie Guérineau

Illustration de la couverture : Michel Bricault, *Sans titre (deux hommes, un dont le bras droit est levé)*, 1991
Acrylique sur toile, 152 × 122 cm.

Photocomposition : CompoMagny enr.

Distribution pour le Québec : Diffusion Dimedia
539, boulevard Lebeau
Saint-Laurent (Québec) H4N 1S2

Pour la France : D.E.Q.
30, rue Gay-Lussac
75005 Paris

Dépôt légal – 3ᵉ trimestre 2000

Données de catalogage avant publication (Canada)

Ouellet, Pierre, 1950-

Still : tirs groupés

ISBN 2-89502-140-6

I. Bricault, Michel. II. Titre.

PS8579.U383S74 2000   C843'.54   C00-941400-2
PS9579.U383S74 2000
PQ3919.2.O93S74 2000

L'instant même remercie le Conseil des Arts du Canada ; le gouvernement du Canada – Programme d'aide au développement de l'industrie de l'édition ; la Société de développement des entreprises culturelles du Québec ; le gouvernement du Québec – Programme de crédit d'impôt pour l'édition de livres – Gestion SODEC.

Peut-être, peut-être la mort n'est-elle que l'effet d'un homme vu à contre-jour devant une fenêtre aux heures où la lumière est blanche.

Yann APPERRY.

Au-delà il n'y eut rien, rien, comme au bord d'une chose il n'y a qu'une autre chose qui lui est strictement étrangère.

Bruno BAYEN.

*I*L N'Y AURAIT PAS EU *de deuxième homme si j'avais été le premier. Rien ni personne, sinon ma propre inanité. Je l'aurais dit tout de suite, sans me faire prier : arrêtez ça, coupez. Mais à qui ? à quoi ? Qui pouvait donc mettre le doigt sur ça ? Sur moi ? Puis appuyer. Mettre le monde à off, l'être à zéro. Le film du temps rembobiné. À la première image. Avant le générique. Avant que n'entre la musique. Et le reste. Le décor complet, ravalé sec. Un terrain vague sous un tas de nuages, blancs et légers. Rien d'autre. Qu'une envie folle, irrésistible : pratiquer enfin la vraie politique de la terre brûlée. Tout sacrifier, sur le bûcher de son passé. C'était une folie, déjà, d'avoir séparé les eaux du ciel des eaux de la terre. On ne me séparerait pas, moi, les os de ma tête des os de mon torse, indécollables. Pas de double. Mâle ou femelle. Pas d'ombre. Fraîche ou glacée. Je ne souhaite qu'une chose : rester fin seul sous le regard de Dieu, qu'il voie sans cesse son ignominie. La solitude à son extrême. Qu'on ne partage pas. Qu'on garde pour soi. Elle serait là, encore, Eve Beverly : une côte à mon côté, que personne ne pourrait m'enlever. Un vieux secret, qu'on dissimule. La main dessus, serrée, comme on se tient le cœur quand on a trop marché. Trop vite pour sa petite santé.*

C'est dire mon état d'âme. Et ne rien dire du reste : ma tête, mes mains, c'est de l'âme encore. Mes jambes, mes pieds aussi, qui ne vont pas mieux. Là où ils vont, sans se soucier. Et que dire de mes reins ? de l'âme qui grince dans le fond du bassin, qu'un grain de sable coince quand je marche trop ou me penche vite pour ramasser une pièce, un ticket de bus, une vieille adresse qui me tombe des mains. Tout nous échappe : on ne retient rien. À part ce mal, là, fixé à vie. Dans la tête qu'on a au ventre et sur le dos, dans la poitrine, sur les épaules, au creux des hanches et aux genoux, partout, car la tête d'un homme paraît n'être nulle part quand elle s'étire sans fin, élance dans le corps comme une migraine qui frappe chacune de ses parties et ne les laisse jamais en paix.

Un lancinement de chaque instant. Un mal de tête à tous ses membres, comme un sourire forcé qu'on tire de son visage pour ceux qui vous regardent, quand la douleur est si intense que toute sa face, sa face pour vrai, derrière celle que l'on fait, est une grimace qui ne s'arrête jamais, un pur affront à ceux qui vous observent, même de loin, vous entrevoient parmi la foule : est-ce un homme qui marche, ou la douleur en lui qui le plie en quatre dans le pas qu'il fait et qui le défait ? On ne le sait pas : c'est un visage qui ment. Dont le corps tout entier crie haut et fort la vérité : le premier homme ne supporte pas le second, tiré vivant de sa personne, dans cette côte qu'on lui arrache pour en faire l'image, face à lui, de sa propre douleur, belle comme une femme, à qui il sourit, malgré le mal à son côté qui fait tout ce boucan, les lèvres d'une plaie riant plus fort, toujours, souriant plus grand que celles d'une bouche qui se referme et se tait devant l'absence où tombe ce qui en sort comme si elle le crachait...

L'homme est en voix off. Hors champ. En contrechamp de sa mémoire. Qu'il occupe pourtant de tout son long, en plan moyen sur le grand écran. Ce n'est pas un homme. Un homme derrière un homme, plutôt. L'un cachant l'autre et lui portant ombrage. Malheur, on dirait. Et cette chose-là lui va. Bien. Un costume sombre, seyant. Loué à l'année. Profession : *privé*. Un flic banalisé, sans signe distinctif. Une tête de flic ? Une gueule de privé ? Un grand imper de détective, gris fer, typique. Rien d'autre. Une existence, point. D'*homo sapiens*. D'espèce courante : pensante, parlante. En apparence si peu. À peine.

Mais allons plus loin. Quand on regarde bien on s'aperçoit qu'il porte dans son regard une cicatrice. Une faille, qui taille dans ses neurones, comme une secousse mnésique, un vague souvenir dont l'épicentre serait à gauche dans sa boîte crânienne, en ligne directe avec le cœur, là où loge l'âme que ça déloge d'un coup. Un flic amnésique, qui cherche sans cesse dans ses pensées qui il peut être, qui il serait bien, se posant la même question que vous et moi, dans la même ignorance face à lui-même que celle où l'on est devant l'énigme de sa personne. Sans signalement. Ni signe particulier. Qu'un signe général, flou, vague : *être vivant, être animé*. Et encore. Ce n'est pas clair, pas évident. Pas encore prouvé.

Un spécimen d'humanité : une bouche, deux yeux, un nez. Un homme banalisé, qui ne porte plus son costume d'homme que pour passer inaperçu. Qu'on ne le reconnaisse nulle part, partout où il passe : une silhouette d'homme parmi les hommes, sans plus. Une ombre dans l'ombre où elle se fond, s'enfonce. Le profil d'une vie, qu'on ne voit jamais de face, de front. Une courbe de Gauss dans le graphique d'une ville, bien quadrillée, rues et ruelles numérotées, tout en abscisses et en ordonnées. Une moyenne cible dans les statistiques. Un échantillon de petites misères et de gros problèmes ramassés là. En un seul être. Qu'on appelle homme, parce qu'on n'a pas de mots pour dire ce qu'on devient quand on perd un à un tous les petits signes d'humanité. Toute trace de soi parmi les hommes de son espèce. Qu'on partage ça, cette perte totale, irréparable, cet égarement de chaque instant, avec la grande majorité : la silencieuse, la sourde, l'aveugle. Où l'on disparaît, sombre. Fondu au noir. Peint en grisaille sur le fond grège de ses semblables. Noir pâle. Un morceau de soir qui reste, même en plein jour, sous la grande lumière. On le sait bien : la nuit tous les hommes sont gris. Le petit matin les repeint en beige jusqu'à midi. Où ils retrouvent, d'un coup, leur couleur d'homme qui les confond avec la terre, les ciels de pluie, leur visage terne, leur chair flétrie, l'Oubli. La couleur sale des jours où ça va mal. Pour tous. Et pour soi-même par-dessus tout. Ça ne console pas, le fait que tout le monde souffre puis se tait, ne le crie pas sur les toits. Le mal qui se répand le rend inconsolable, lui. Celui qu'il répand surtout. Un épandage de long en large, dans le temps et dans l'espace, loin dans l'avenir, loin dans le passé. Les traces du mal partout où il passe : tous ces souvenirs qu'il aura laissés, tous ces désirs qu'il n'aura jamais réalisés. Sa vie laissée en plan : une tache de sang ou un trou blanc dans sa propre histoire, dont aucune tranche ne reste intacte, dont chaque personnage a les mains sales, ayant trempé dans cette espèce de grand malheur généralisé qu'un homme comme lui, se disait Head, qui fait ce métier qu'il n'a jamais aimé et jamais accepté, a pour mission d'éradiquer, il ajoutait : d'arracher par la racine, à la force du poignet, d'extirper comme on fait des ablations, des excisions et autres amputations pour couper court au mal, enfin, qui se répand ailleurs, toujours, dans l'âme elle-même et un peu plus loin.

Chester Head est un homme mort, malgré les apparences : un paletot gris sous une tête grise, qui marche, pense. Boite, délire. Que son passé aura usé, râpé. C'est dans sa tête que ça grisonne : une mémoire poivre et sel, si vous voulez, une mémoire blanchie. Head vit, bien sûr. Mais dans une vie gommée. Il n'est jamais revenu à lui vraiment, après « l'accident ». Revenu à la vie, oui, mais à celle d'un autre, on dirait, non à la sienne. À moins que cet autre ce soit bien lui, quand l'homme qu'il a été serait l'*autre* pour vrai, à la recherche de qui il se sera mis au moment précis où il aura repris conscience, fouillant dans sa mémoire qui se refermerait d'un coup, avant même qu'il n'ait pu mettre le doigt sur quoi que ce soit qui lui ressemble, serait-ce de loin.

Un homme réduit. Oui. À sa plus simple expression. Au plus petit dénominateur commun. De l'homme, sans plus. Déduit de cette prémisse : l'Humanité – espèce menacée, en voie d'extinction, par sélection naturelle des plus démunis. On dit hommerie comme on dit connerie. Une tuerie d'hommes dans le même homme comme on en voit partout. Car on dirait que l'homme ne se supporte pas, qui se dédouble pour s'exterminer, s'additionne pour se soustraire, ne se multiplie que pour se diviser. L'homme n'est pas une somme : un reste, plutôt. L'homme moins l'homme et je ne retiens rien, zéro, quelques poussières, ou une fraction, une décimale de cendres vue à la loupe, qui la grossit, trop, en une personne morale, quand ce n'est pas même un numéro, un nombre réel ou irrationnel, qui

15

se confond avec l'infini, l'infini continu où sa vie d'homme se sera perdue.

On l'a retrouvé dans la rue, sans connaissance. Une balle dans la tête. Ou l'idée même de la mort dans la boîte crânienne, qui l'a effleuré. Mais ébranlé, tout de même. Faut voir : du sang partout sur le visage. Les yeux vidés, le regard, dedans, roulé en boule comme une paume fermée, un poing en sang, en larmes. La bouche ouverte sur un cri muet comme une langue arrachée, dix dents cassées, une gorge enflée d'où rien ne sort que l'air vicié de la mort qui est entrée de force dans ses poumons, lui a frôlé le cœur. Il s'est effondré, à cent mètres de chez lui, sous le poids du sang sur ses deux tempes, son front, sa nuque, percés comme une passoire par où le vide s'est engouffré, pesant sur lui, pressant son corps et le poussant sur la chaussée : un gros bruit mou, un sac à dos plein à craquer qu'on laisse tomber, enfin, car on est arrivé. On n'ira pas plus loin. Chester Head était rendu. Rendu complètement, au bout de sa vie comme de son sang.

J'ai été le premier sur les lieux. J'avais entendu l'appel : un homme blessé au coin de la 2ᵉ Rue et de la 3ᵉ Avenue, dépêchez une patrouille. J'étais à deux pas, faisant enquête sur un crime que Head et moi étions chargés d'élucider : un crime crapuleux, le corps de la victime coupé en deux, sa tête posée sur un socle au milieu du salon, le buste et les membres couchés au pied. J'arrive en trombe, fends l'attroupement, me penche sur l'homme : Head ! Chester Head ! De la brigade des homicides, matricule 111. Le front en sang. Je lui prends le pouls, ouvre ses paupières : il vit encore. Les sirènes crient, les gyrophares balaient les faces, puis les regards, l'air ahuri des écornifleurs. Dégagez, je vous prie. Dégagez ! On installe le périmètre de sécurité. Les brancardiers déposent son corps sur la civière. L'infirmier lui plante dans le bras l'aiguille par où

16

le sérum s'écoule jusque dans sa tête, sa tête percée, trouée, pansée, bandée, où le sang finira bien un jour par coaguler.

L'opération a duré trois heures. On lui a recousu la tête. Pas la mémoire. Cousu le dehors, pas le dedans. Trois jours plus tard il est sorti de son cauchemar. Au ralenti. Revenu à lui, mais de si loin qu'on dirait qu'il n'y est pas arrivé. Pas complètement. À demi remis, seulement. Il m'a regardé, ne m'a pas vu, pas reconnu. J'étais venu voir s'il n'avait pas repris conscience. J'ai tout de suite vu, compris : ce serait très long, ardu. Je ne pourrais peut-être rien en tirer, jamais. Je voulais savoir, comprendre : pourquoi s'était-il traîné sur plusieurs mètres hors de chez lui avec cette balle dans le crâne, qui ne provient pas de son revolver, qu'on a retrouvé sur lui, avec ses papiers, le barillet plein, l'arme du crime, elle, restée introuvable ? Pourquoi n'a-t-il pas crié, appelé, hurlé ? Pourquoi ne m'a-t-il rien dit ? Et avait-il quelque chose à dire ? Savait-il ce qui l'attendait ? Ces questions-là, et bien d'autres encore, resteront sans réponse, longtemps, encore longtemps.

Une année complète s'est écoulée. Chester a quitté les flics : il ne pouvait plus suivre. Sa tête réduite à rien : deux yeux, deux oreilles. Il aura mis six mois à retrouver la parole. Mais la mémoire, jamais. Perdue à vie. Il ne sait plus qui il est, privé de passé, coupé de sa propre histoire. Il a fallu que je lui raconte : qu'il était flic, s'était blessé, qu'on était amis, avant, partenaires depuis des lustres dans les enquêtes spéciales, qu'on nous confiait exprès, menées promptement, sauf celle où on butait depuis des mois sur une absence totale d'indices, de preuves, de pistes, cette espèce de tuerie en série où des hommes et des femmes étaient décapités, étêtés et comme décervelés de l'occiput jusqu'à la nuque, où pendent encore quelques gros nerfs, quelques artères, les fils coupés entre le cœur et la pensée, à la la frontière du corps et de l'esprit, de l'âme et de la chair qui

17

commence là, entre les épaules, dans la poitrine inanimée, le torse inerte, le tronc sans vie, poids lourd qu'on traîne partout où l'on va et puis qu'on laisse, après, quand on est arrivé, parti d'un coup sans faire le ménage. Bon. On verra bien. Je ne dis pas ça pour rien. Je ne dirai rien pour rien.

Je ne reconnais plus Head. Pas plus qu'il ne me reconnaît. Il s'est fait détective privé, et il enquête sur sa propre affaire : il veut savoir ce qui s'est passé, et il croit dur comme fer que ç'a à voir avec l'enquête que nous menions, lui et moi, les décollations. Il travaille seul. Ne supporte plus personne. En souffre mais ne le dit pas, ne l'avouerait jamais. Je vais le voir de temps en temps, lui demande si ça avance, comment ça va. Il ne me répond pas. Se tait pendant des heures. Puis, une fois sur dix, se lance dans les confidences. Les plus intimes. Les plus personnelles. Il dit que la solitude lui pèse. L'esseulement que c'est de ne plus pouvoir s'adresser à soi, à sa mémoire, tapie dans sa tête, que l'on réveille pour lui parler, l'interroger, quand on en a une ou qu'on l'a retrouvée, pour lui demander qui on est, au juste, qui on a été. Qu'elle nous décline notre identité. La mémoire d'un homme, dit-il, c'est la sage-femme de sa vie, de cette histoire dont on est gros, toujours, enceint de partout, dans son dos surtout, courbé comme un ventre plein. Se souvenir, c'est s'accoucher, redonner naissance à son passé, son présent d'homme qu'on traîne derrière comme si on voulait le cacher. Ne pouvant pas voir ça : ce présent mort qui nous bouche l'avenir. Chester Head n'existe pas. Il faudra bien qu'il se mette au monde et comme tout le monde ait une histoire, qu'on la lui donne pour qu'il se raconte, dise qui il est et ce qu'il a, en plus du nom qu'on lui a donné et ce visage défait.

Tout le monde laisse ses empreintes dans son passé, que sa mémoire relève : on est passé par là, oui, par là aussi, on sait ce que c'est, où vous en êtes et où j'en suis. Voilà ce qu'on dit, mettant ses mains et le bout des doigts dans les empreintes dont on a taché le visage et les vêtements de ceux et celles qu'on a aimés, haïs, trahis, les meubles et les murs de leur maison, la table, le lit, le lavabo, les draps et les rideaux, même les tapis. Ces taches de doigts sont les fossiles d'une vie d'homme qui a été, a existé, aura laissé ces traces de mort de son vivant, sachant que rien ne conserve mieux son passé d'homme que le sang versé en soi comme sur les autres par le malheur, la peine, sous la forme des larmes, des pleurs que ça ravale pour que ça ne se voie pas et que ça se voie quand même, sur le bout des doigts qu'on a trempés dans ce malheur, cette peine, cette poix. Chester Head, lui, on dirait qu'il n'en a pas, d'empreintes digitales, cervicales, coronariennes ou dieu sait quoi, pas de formule sanguine, pas de code génétique ou chromosomique qui laissent penser qu'il ait existé, ait un passé, et soit un homme avec du temps devant lui, du temps derrière, qu'on appelle *vie* : une existence dans la durée.

Un homme à la recherche de son histoire, voilà. Qui n'a aucune imagination ni aucune mémoire : deux yeux qui voient et des oreilles pour entendre. Un corps d'yeux, d'oreilles comme une grosse tête de la tête aux pieds rien que pour épier, espionner, scruter, observer, et deux grandes mains pour fouiller, fouailler, une bouche avec des mots qu'il aura appris de nouveau pour enquêter, interroger, passer à tabac quand ces mains-là et cette bouche-ci se mettent ensemble pour questionner et que la réponse ne vient pas, durant de longues secondes où le sang vous démange dans le creux des mains, au bord des lèvres, vous pousse comme une pulsion cardiaque un peu trop marquée à le verser sur la gueule de l'autre, tout ce sang vif qui vous bout dans l'âme, que vous retenez dans vos poings fermes, vos lèvres pincées, qui gardent pour elles leurs dernières paroles comme ils gardent pour eux leurs derniers gestes, dont l'exécution rapide, parfaite, eût pu les libérer, détendre ce qui dans l'os, le nerf et le muscle les tient serrés, bande le corps vers ce qu'il cherche et comme une flèche lancée le relâche d'un coup, dans un grand cri comme on en pousse après l'amour, toute son âme touchant le sommet quand aimer même touche à sa fin...

Tout sort du sommeil. Et ce monde-ci du sommeil de Dieu, qui en a rêvé, des nuits entières. La moindre histoire imaginée dans le noir total : le chat mange la souris, les hommes s'entre-tuent et les mouches baisent. Chester Head se compte chanceux, lui, d'être sorti vivant de ce lourd sommeil où il a connu la mort, couché avec, sans la reconnaître, ni la désirer, dans l'absence totale de désir et de connaissance où il était, dans ce coma ouaté où l'on ne vit plus que le fait de mourir sans être mort pour vrai, rencontrant la mort à chaque instant sans la connaître vraiment, l'incarnant dans sa propre respiration, au ralenti de son corps endormi, sous anesthésie, ankylosé par le poids des rêves jamais rêvés, le poids du réel irréalisé. Toute son histoire : dévitalisée.

Sa vie entière, il l'aura dormie. C'est ce qu'il lui semble. Dans un sommeil où il a tout perdu : la connaissance, la mémoire, perdu le sommeil dans le sommeil lui-même, perdu la tête, le nord, perdu la vie vivant avec la raison qu'il aurait eue de l'avoir vécue et de vivre encore, de se survivre. Bref, il ne se souvient de rien. Ni de personne. De lui-même encore moins. Depuis qu'une vague odeur de chambre d'hôpital lui a ouvert les yeux par les narines, qui font remonter jusqu'aux pupilles les senteurs fortes, âcres, et dont l'aigreur rappelle les larmes, leur poids pressant avec violence les paupières tendues, enflées, brusquement soulevées et arrachées au front, à l'arcade sourci- lière, aux orbites creuses : l'œil du comateux est blanc, d'abord, quand on le découvre, deux larmes de lait, puis la tache noire d'un coup apparaît, une mouche dans le lait, l'iris vivant qui se débat, dans une espèce de clignotement désespéré, un phare aveugle dans un désert où pas une âme ne croise.

Chester Head ne fait plus un pas sans cette drôle d'ombre : une mémoire toute noire qui l'accompagne, le double. Comme le moule, la statue de plâtre qu'on y a coulée, dont on ne peut plus la décoller. Head cache Head. Son passé d'homme fait une ombre sur son avenir où il avance masqué, déguisé en lui-même sans qu'il puisse se reconnaître, s'identifier, dans les miroirs où il se croise : un homme et son reflet, copie conforme, copie carbone. Un homme suivi, et qu'il poursuit.

Eve Beverly ? On a trouvé une photo d'elle dans la poche revolver de Chester Head. Plus très jeune, mais encore belle. Le sourire large, mais fatigué. Sur le point de tomber. Avec tout le visage. Que la photo retient. On dirait. De peur qu'il croule. Et de justesse. Pour un instant, au moins. Immortalisé. Photogénique, oui. Comme le sourire du coureur de fond qui passe le fil au photo-finish : un drôle de rictus, qui annonce sa chute dans quelques mètres, mort d'épuisement, tête la première ou les pieds devant. Les couleurs passées, les coins cornés, la photo ne paraît pas vieille mais déjà usée : jaunie, froissée. À l'endos, ces quelques mots : *Tu ne m'auras pas.* Signés à droite, en bas, d'une patte de chat, qu'on ne comprend pas mais qu'on déchiffre. C'était bien ça : E.V.E. B.E.V.E.R.L.Y. Une vraie balafre, un coup de patte avec griffes, au bout, ensanglantées. Une gifle.

Il l'a dans la tête, cette femme. Son image, son nom. Elle lui prend la tête. Toutes ses pensées, et ses arrière-pensées. Elle lui remplit sa mémoire vidée. Ses rêves, qui à mesure se vident pour lui faire place. La moindre idée, on dirait qu'elle la chasse. Puis la remplace. Plus de place pour rien, dans une tête comme ça. Plus même pour soi. On cède, fuit. Laissant ce vide, derrière, où elle entre, elle, sans faire de bruit. Occupe l'esprit. Il y a des images qui ont besoin de toute la tête pour être comprises, intériorisées : beaucoup de blanc, autour, où se détache leur obscurité. Comme une question, une seule, isolée dans le blanc de la page, que l'absence de réponse laisse vierge pendant des mois ou des années. Une énigme, dont la solution semble l'unique réponse à sa vie : qu'est-ce qu'on fait là, ici.

Une gabardine dans la nuit blanche, Head. Un lampadaire qui marche. Erre. Le long des rues, dans leurs eaux noires, dans leurs eaux mortes. Chaque pas qu'il fait est une lampe qu'il braque sur son passé, un gyrophare qui tourne dans sa mémoire. Chacun interroge la rue. Chacun sonne l'alarme pour les insomniaques, le couvre-feu de ceux qui ne rêvent que réveillés, de ceux qui veillent leurs propres cauchemars, les yeux ouverts et le collet remonté. Il y a des hommes qui ne dorment jamais. Qu'une femme réveille, en fait, dès qu'ils essaient de fermer les yeux. Une femme ou encore l'idée de la mort qui rôde, la pensée qui trotte dans la tête d'une sorte d'amour pas comme les autres : un ébranlement de neurones, qu'une seule vision traverse de long en large, occupant l'esprit comme une maison que le temps hante, usant les murs et les plafonds qui se mettent à craquer, toute la charpente, les fondations. Chester Head est un de ces hommes : l'éternel passant de sa propre vie, qui repasse sans cesse par le même carrefour, là où se croisent sans se rencontrer des viaducs et des tunnels sans fin qui se chevauchent dans la nuit noire, lacis d'impasses et de ruelles toutes aériennes ou souterraines, invisibles à l'œil nu, les grandes avenues de sa mémoire, vides à longueur d'années, et les passages couverts de son propre avenir, si incertain qu'on dirait qu'il se couvre pour échapper à la fureur du ciel. Head va de rue en rue comme on s'enfonce dans les couloirs d'une station de métro où toutes les correspondances se nouent : on prend à gauche, à droite, dans des corridors secrets qu'un plan précis qu'on a dans la tête depuis le départ permet de suivre sans s'égarer.

La première piste de Head est la dernière que j'aurai suivie il y a plus d'un an, avant qu'on ne me retire l'affaire. L'affaire

classée des « crimes parfaits », des cinq victimes décapitées, sur
quoi nous avions bûché, lui et moi, et puis buté, lamentable-
ment, avant qu'il lui arrive ce que vous savez, qu'on me confie
l'enquête sur son histoire à lui, après, que j'ai dû laisser aussi
sans aucun succès. Bob MacFarlane est la cinquième victime
du « décapiteur », comme on l'appelait. La plus horrible, sans
doute. Quoique... L'appartement où on l'a trouvé, dans l'East
Side, était à ce point souillé qu'on ne pouvait pas y mettre le
pied sans y laisser ses propres empreintes. L'horreur. Pire.
Chester eut un haut-le-cœur. On se bouchait les yeux : l'odeur
était si forte que c'était une vision, en fait. On la sentait par le
regard, tellement ça faisait image : une tombe ouverte. On est
entrés quand même, un mouchoir sur le nez. Les yeux seulement à découvert, qui nous piquaient, pleuraient. On épluchait
un drôle d'oignon. Pourri, gâté. Chaque pelure enlevée mon-
trait l'odeur encore plus forte, plus crue : l'horreur en bouquet,
l'effluve en gerbes, et son fumet, iodé.

C'est Head qui l'a trouvé : le tronc d'abord, puis la tête sur
son pilier. Une tête sculptée, on aurait dit, le coin des lèvres
relevées, en un sourire forcé, comme pour une photo, le nez
ôté et les orbites vidées. La bouche entrouverte laissait voir entre
les dents, qui semblaient mordre dedans mais sans les croquer,
ce qui parut deux billes, d'abord, puis s'est avéré bien plus terrible : les yeux énucléés de la victime, qu'on aura voulu lui faire
avaler... Chester, le regard posé à plat sur cette horreur, semblait
plongé dans une profonde méditation, comme pour résoudre
une équation, démontrer quelque théorème, trouver en trente
secondes la solution à un problème d'échec ou déchiffrer,
comme Champolion, une langue nouvelle ou très ancienne,
morte depuis des siècles puis déterrée, exhumée de la bouche
de spectres revenus au monde exprès pour la parler, comme
on résout un mot croisé, décrypte une étrange charade, aux

25

hiéroglyphes de chair, dont le sens pouvait être, comme il en fit l'hypothèse plus tard : *tu en as trop vu, tu as trop parlé... Mange tes yeux, maintenant. Toi qui n'as plus de flair, plus de nez, pour rien sentir... Plus d'air pour respirer... Souris de toutes tes dents sur tes yeux morts... gueule aveuglée...* Chester était intarissable sur le sens qu'on pouvait donner à cette pantomime, ce rébus d'os, dont il fit prendre plusieurs photos, sous tous les angles, de près, de loin, en plongée, en contre-plongée, gros plans de la bouche écarquillée sur ce regard encore vivant, pour combien de temps, baignant au milieu des larmes sécrétées par l'unique orbite qui ne cesserait plus de saliver, roulant entre ses lèvres des yeux de haine qui ne vous lâchaient pas une fois que vous les aviez repérés, on dirait reconnus.

Bob MacFarlane était producteur de cinéma. De série B, d'abord, quand il œuvrait pour les *majors*. Des polars pour Columbia, des thrillers pour Paramount, quelques films d'horreur. Puis de série X, Z, Hard, Snuff et Cie, quand il se mit à son compte, aidé par la mafia et tout le crime organisé. Head aurait dit : toute la vertu désorganisée. On n'a rien trouvé, toutefois. Ni dette de jeu, ni aucun motif de vendetta qui pût justifier un tel massacre. Tous ses « amis » ont un alibi. Cette piste, c'est un cul-de-sac. La pègre ne s'attarde pas, de toute façon, à de telles mises en scène pour passer son message, faire peur ou faire horreur : il lui suffit d'*éliminer*, de *supprimer*. Une simple soustraction. C'est l'addition salée que reçoit le type qui aura trahi. Merci.

Head, lui, pense qu'un tel show, qui en met trop, c'est sans doute l'œuvre des milieux trash du cinéma porno ou d'épouvante le plus underground : un mauvais trucage, des effets spéciaux, qui auraient mal tourné. Cette tête, dit Head, on dirait un masque, une gargouille ou une chimère, fait pour chasser le mauvais sort, tous les démons et les merveilles. Le mauvais

26

œil, qui vous suit partout comme une caméra secrète, zoomant sur vous, vos rêves, votre mémoire, presque à chaque pas, à chaque pensée. C'est peut-être ça : un ange, un ange du cinéma, une star ou une starlette, qui l'aurait tenu entre ses doigts, l'énorme couperet, le sabre, la hache ou dieu sait quoi, qui fit de cette tête une sorte d'épouvantail de chair, de nerfs et d'os, pour éloigner tous les vautours et les corbeaux, les charognards de la pire espèce, qui s'enfuiraient de dégoût. Un clap, terrible. Coupez ! Voilà ce que cette tête paraissait crier. Sur tous les plateaux où l'on tourne sa vie en direct sans jamais pouvoir dire le moindre mot sur le scénario...

Oui, je sais, il arrive à Head de délirer. Mais pas tant que ça. Comme on pourra le constater. Il suffit de revoir avec lui tous les films que MacFarlane aura produits. Visionner chacune de ses merdes, sans perdre une image, jusqu'à ce qu'on tombe sur son treizième film, réalisé par Doug Swain pour la Paramount, *Strangler in the night*, qui raconte l'histoire, classique, d'un tueur en série qui s'en prend aux putes, la nuit, à la sortie des *tourist rooms* : il les suit jusqu'à une ruelle obscure où il les entraîne puis les étrangle... Clichés à la chaîne. Head s'est endormi, presque, avant de sursauter : la troisième victime de l'étrangleur, oui, c'était bien elle, cette fausse blondeur, ce regard vide à force de se fouiller, l'orbite creuse des yeux cernés de rimmel et de mascara, ce teint pâle comme au cinéma, dans les films noir et blanc, une tête de plâtre ou de ciment, un regard d'encre dans de la chaux, cette bouche technicolor comme un poisson rouge dans un aquarium de lait en poudre, ce cou trop long, haute colonne de marbre où déposer la ronde-bosse d'une tête sculptée à la hâte par quelque Praxitèle qui l'eût jetée à la mer dans la colère, la jugeant ratée, jurant devant Zeus qu'on ne le reprendrait plus à vouloir tailler dans la pierre après les déesses et les prêtresses une femme de mauvaise vie,

27

le mauvais œil s'acharnant sur lui des nuits entières depuis les profondeurs de la baie où il aura plongé la chose avant qu'on ne l'en retire deux millénaires plus tard tel un antique souvenir revenu soudain à la mémoire d'un amnésique et qu'on l'expose, ensuite, dans cette espèce de faux musée : le cinéma Roxy, au coin de la 32ᵉ et de Broadway. Oui, c'était bien elle : Eve Beverly, le même regard. Bien que l'éclairage, comme étouffé, laissât dans l'ombre une bonne partie de son visage, tout de suite reconnaissable : les mêmes traits, on dirait presque les mêmes tics. Les mêmes mots qui lui sortent de la bouche, *tu ne m'auras pas*, dont l'arrondi transforme l'ouverture en un troisième œil qui vous regarde de près, par le dedans.

On revoit le film. Dans la tête de Head, occupée toute par la blonde actrice, sortie de l'hôtel, maintenant, qui prend à gauche sur la 2ᵉ Avenue. Le tueur la suit. On dirait qu'elle l'entraîne, plutôt. Elle le taquine au bout de sa ligne, qu'elle réenroule autour de sa taille, puis de ses hanches, et de sa poitrine, traînant l'homme, la bouche ouverte, déchirée toute par son désir, dans l'eau profonde et tumultueuse de la 15ᵉ Rue pour l'y noyer, petit à petit : qu'il avale l'asphalte, s'écrase au fond, la laisse filer. Mais non : le tueur l'empoigne par le chignon, ses gros doigts lourds dans le blond cendré, l'attire dans le noir où le blond fond, et tout le visage dans un grand cri, aussitôt refermé par une main moite posée à plat sur le rouge à lèvres que le cri muet imprègne au creux de la paume, avant que les dents, derrière le cri, ne la tachent de sang, pas pour longtemps, les doigts du tueur descendant plus bas, entre la deuxième et la troisième vertèbre cervicale qu'ils serrent si fort que le cri et les coups de dents, tout ce qu'il y avait de vivant encore dans la belle bouche de la victime se trouve d'un coup aspiré là puis étranglé dans un dernier sanglot, avant que le corps ne s'écroule, sans vie, que le sang ne s'écoule jusqu'au générique, et dans la tête de Head depuis ce moment, qui ne sait plus trop quoi en penser : c'était bien elle, Eve Beverly, mais son nom n'apparaît nulle part, le rôle qu'elle incarne étant attribué à une certaine Kimberly Eave, inconnue au répertoire. Il a fait le tour des agences de casting : pas de trace de cette K. Eave, ni d'aucune Eve B. La Paramount n'a pas de contrat avec elles, je veux dire ni avec l'une ni avec l'autre, dans ses dossiers ou ses archives. Doug Swain, le metteur en scène, s'est suicidé l'année dernière, ne laissant dans le deuil que des ennemis, et une flopée de créanciers. Que faire ? que penser ? Penser à elle, bien sûr, Head sait que c'est l'exacte définition de la pensée, à moins qu'on ne lui prouve le contraire : l'agitation extrême de ses neurones quand on se sent secoué.

Les cinémas sont des têtes pleines d'images sur le corps débile et acéphale des centres-villes. Des boîtes crâniennes remplies de noir où des kilomètres de films défilent : bande-son de la mémoire sur la bande-image d'une vie passée, jaunie, pâlie, vouée à l'oubli. Les boîtes de nuit du souvenir enfoui, regrets et remords compris, qui dansent ensemble, s'agitent sous les stroboscopes comme les nuages dans le ciel, les flammes dans le fond de l'enfer, les hommes et les femmes dans Manhattan désert. Le Roxy diffuse tous les films noirs, même les plus gris, quand tout se confond dans la même ambiance. Décor et personnage plongés dans la même grisaille, jour et nuit.

De l'autre côté, un peu en biais, le cinéma Eve présente un autre genre de films, chers à plusieurs et à MacFarlane. Une seule faim chasse toutes les faims : celle du regard au ventre plein, tombé dans le ventre au regard vide, qu'il faut remplir avec des visions. On entre dans les têtes plus facilement quand on passe par les entrailles : les images qu'on y met n'en ressortent jamais. La mémoire est dans les reins, bien plus que dans les têtes, d'où les rêves tombent comme des oublis. L'âme ? rien qu'un fantasme, qui prend naissance entre les hanches, au fond du bassin, ce deuxième cœur, qui bat plus vite et par à-coups, pompe le pouls dans tous les muscles, étire les nerfs et vous les coupe. Il y a des films pour ce type d'âmes : on y visionne le fond de sa tête, où se déroule une autre histoire, qui illumine la pellicule et s'y imprime par les dessous, comme si l'on assistait à la *projection* non pas d'images sur

31

l'écran blanc mais de sa propre tête grosse comme un corps contre les murs de pierre de la salle obscure où l'on croirait laisser son sang, laisser sa vie qui fait tache d'huile, énorme et qui s'étend, s'étend... Voilà que je me mets à délirer, moi aussi. Tout entier dans la tête de Head qui se met dans la tête de n'importe qui. Sa vieille tête vide qui se remplit de la tête des autres et la déverse jusque dans la nôtre, qui se met alors à déborder...

Les jours de Head ne se comptent plus qu'en mauvais films à visionner. Dès midi une il va s'asseoir au premier rang, dans un fauteuil profond, où sa pensée avec son corps s'enfonce et ne remontera plus, imprégnant le tissu déjà usé par tant d'ombres qu'on dirait une mémoire collective de tous les hommes qui y sont venus mêler leur vie à l'ombre des films. Des ombres roses, après les noires, les grises. Un film sur deux est de MacFarlane : Eve Beverly s'y cache peut-être, dans une autre peau, sous un autre pseudonyme. Il y a peu de têtes dans ces rouleaux de pellicule de chair : que des derrières. Et la photo que Chester garde sur lui ne montre qu'un maigre visage planté sur un buste étroit. Il la ressort, parfois, compare, ce n'est pas ça, trop de hanche pour la tête qu'elle a, trop de sein pour ses frêles épaules.

Les images se suivent et se ressemblent toutes. On dirait un défilé de suspects derrière la glace sans tain d'un commissariat, parmi lesquels un amnésique de son espèce serait chargé d'identifier le coupable. Il n'y a sur l'écran que des portraits-robots, des automates. Pas d'âme qui vive. Nul vrai visage, que masquent les corps, les peaux. Puis, quand on vient près de s'endormir, comme si les choses ne se passaient jamais que dans le demi-sommeil, en une sorte de rêve éveillé, de veille rêvée, un *flash* nous sort de la torpeur : cette femme, là, la tête grimaçante prise en gros plan, après un zoom sur l'entrejambe bien plus grinçant, et grimaçant, double rictus qui tient tout le corps dans

32

son étau, puis serre, cette femme, oui, avec la tête qu'elle a, décollée toute de ses épaules autant que ses deux yeux de leurs orbites puis recollée entre ses cuisses, cette femme que sa bouche avale dans un grand cri qui est toute sa chair dans un peu d'air qu'elle nous crachote en plein visage, elle sort tout droit du fichier X que Chester Head gardait sous clé dans son classeur : dossier *Décapités*. C'est elle, l'avant-dernière victime, avant MacFarlane, de ce tueur fou dont la police a décidé de « classer » l'affaire, rangée dans ses tiroirs, d'où je l'ai tirée pour que Chester puisse reprendre l'enquête, ça le calmerait : quand on n'a plus de mémoire, autant remonter le passé des autres, revivre à rebours leur petite histoire. Il avait fait un double de tout le dossier, gardant dans une chemise à part les photos prises lors de la découverte des corps, des moitiés de corps, en fait, aucun n'étant resté entier.

Blandice Berger, une jeune Française établie à New York depuis peu pour y faire carrière dans les « variétés », avait été retrouvée dans sa chambre à coucher, la tête pendue par les cheveux aux barreaux de cuivre de la tête de lit, le reste pendu par les pieds, chaussés encore de talons hauts, au pied du lit qui ressemblait à une paterre où on aurait jeté son corps plutôt que son manteau, et à l'envers par-dessus le marché, pour lui vider les poches, le vider net de tout son sang... Le corps du lit, lui, couvert d'un drap qu'une grande tache rouge souillait : une sorte de cœur parmi les plis.

Blandice Berger crevait l'écran, là, dans la nuit noire du cinéma, avec la tête ahurie qu'on lui ferait quelques mois plus tard, quelques semaines ou quelques jours à peine, peut-être, il faudrait voir la date du tournage : une tête de Jeanne d'Arc en saint Jean-Baptiste, avec, plus loin, un corps troué de saint Sébastien. Head attend le générique, qui tarde à venir, s'annonce dans un dernier spasme, que retarde l'orgasme d'une héroïne encore et puis ça y est, musique ! Le poème commence, où tous les noms défilent, chacun sur sa ligne avec au bout, parfois, une drôle de rime : Smith assonne avec Schmidt. Mais pas de Berger, aucune Blandice. Le contraire nous aurait surpris, et surpris Head bien davantage.

Un nom seulement lui saute dessus : Kim Everly. Cette petite gifle finit de le réveiller. Puis le replonge au milieu de ses rêves, dans le mystère le plus profond. Les fils continuent de se nouer. Autour de qui ? de quoi ? Quel cou fragile, quelle nuque de fer craquera sous la pression du nœud ? MacFarlane, Berger, puis cette guirlande d'Eve, de Kim, de Kimberly dans la couronne d'Eave, d'Everly, de Beverly où la pensée de Chester Head s'emmêle, ne finit plus de s'emmêler, tressant sa propre mémoire à ces nattes blondes ou ces mèches grises, blanches, que l'on devine sous le masque trompeur des colorants et des teintures, des pseudonymes, des alibis : les futurs morts vieillissent très vite, qu'on entrevoit déjà, réduits à leur squelette, sous la peau fraîche d'un visage trop lisse, quand passe dedans une pensée triste comme une prémonition. Les sourires forcés sont des prophéties : ils montrent entre les dents ce qui les force et les forcera jusqu'à l'éclatement. Kim Everly sourit de toutes ses dents à Blandice Berger qui lui apparaît dans le moniteur témoin de la caméra, en renversé. Ce sourire-là est dans le dossier, sur une photo qu'on ne peut pas montrer, qui restera *rêvée*. Privée. Censurée. Classée *top secret* dans le portfolio de cette mémoire du sang que les photos de police gardent à jamais, loin des regards concupiscents, des regards louches, troubles, comme ceux que jettent les innocents sur les coupables qu'ils voient surgir dans chaque passant.

Head veut me voir, comprendre ce qui s'est passé. Il savait que j'avais enquêté sur cette fille, pendant que lui était plongé dans l'histoire de la précédente victime. On se donne

34

rendez-vous à huit heures, au Harry's Snack Bar, tout près de son immeuble, dans West Broadway. J'arrive le premier, dans l'odeur de mauvais café, de bacon grillé, d'œufs frits et de pancakes, barbouillée de fumée aigre en quoi s'évanouissent ou pourrissent dans la bouche les premières cigarettes, les derniers mégots de la veille que l'on recycle à l'aube quand on n'a pas le cœur d'aller jusqu'au tabac du coin. L'air est graisseux, dehors comme dedans. Dès qu'on entre, on se sent transvidé d'un aquarium dans un bocal, le temps d'un nettoyage, d'un changement d'eau, toujours aussi sale : il faudrait vider le monde entier de son air pour venir à bout de cette saleté, le grand ménage du ciel, du temps, de tout ce qu'on respire à longueur d'année rien que pour survivre, ne pas étouffer. Bref, c'est irrespirable. Et voilà Head avec la gueule qu'il a... de poisson mort sorti de son lit comme si on le tirait de sa vie par les deux ouïes : une tête d'avis de recherche, épinglée là, dans l'air du temps, flottant sur ses épaules comme une affiche de cinéma que le vent décolle par le bas sur les palissades de bois des chantiers de démolition. Bon.

Salut. Qu'est-ce que tu as ? Un mauvais rêve... Ah !... Raconte. Avant, il voulait me dire : pourquoi ne m'as-tu pas tout dit, sur la jeune Berger ? Salaud !... Écoute, Head, je ne voulais pas que tu aies des ennuis. Ç'aurait pu mal tourner, un flic qui fréquente ce genre de filles, je veux dire ce genre de filles qui se transforment en cadavres, la tête à un mètre cinquante du corps, ça ne fait peut-être pas bonne impression... dans les commissariats, en tout cas. Tu ne penses pas ? Et puis, j'ai toujours eu une totale confiance en toi. Mais enfin, comment as-tu su que je savais ?... Il ne répond pas, regarde le plancher. Les poissons meurent le ventre en l'air, l'œil grand ouvert qui cherche à voir ce qu'il y a hors de l'eau, comme nous ce que cache le ciel. Head, lui, fixe le bas comme l'escargot qui vidange le sol, gratte la litière de l'aquarium, drague les fonds, s'en gave, toute sa tête méditant ce qu'elle avale, au bord de le régurgiter. Head se tait. Comme il lui arrive de faire de plus en plus souvent. Une forme lourde de l'atterrement. Un silence pesant, qui porte le poids de la terre entière. Sans se fatiguer. Nous épuisant, nous, dès qu'on essaie de l'aider.

C'est vrai que je ne lui ai pas tout dit. Et qu'on avait commencé à faire enquête sur lui. Ce que j'avais trouvé le compromettait, mais à peine : Blandice Berger et lui s'étaient connus un an plus tôt, ce dont témoignent l'adresse de Head dans le carnet de Blandice puis la mention sur son agenda d'un rendez-vous qu'ils avaient pris un 8 janvier, au bar panoramique du Sheraton, suivi d'une douzaine d'autres, s'échelonnant sur près de six mois, après quoi rien, plus rien, plus de traces de Head. Blandice Berger avait des dizaines de rendez-vous de ce genre, à chaque semaine : il ne fallait pas s'énerver, chacun a droit à sa vie privée, les flics comme les autres. Quand il m'a dit qu'il ne la connaissait pas, je n'ai pas insisté : sans doute craignait-il que cette relation avec une actrice légère ne soit ébruitée. Chester était pudique : il n'était pas homme à se vanter de ses conquêtes. À dévoiler tous les dessous de sa vie intime. Même s'il parlait, parfois, à mots couverts, d'une femme qu'il avait aimée comme une jeune sœur, une sœur de cœur qu'il avait perdue, et qu'il cherchait des nuits entières parmi les filles – les filles perdues comme elle, m'avait-il dit. Mais bon, on dit tant de choses... Qui brouillent parfois celles que l'on tait... J'ai classé l'affaire. Avant qu'un collègue un peu trop zélé, John Grease, qui n'aime pas Head, allez savoir pourquoi, ne tombe lui-même sur le carnet : il s'est posé un tas de questions, a enquêté, n'a rien trouvé. Le dossier remis à Chester il y a quelques semaines ne contenait pas ces informations. C'est auprès de Grease qu'il a obtenu tous les papiers où son nom paraît, avec son téléphone, parfois, même son adresse. C'était bien lui, au Sheraton, puis au Hilton, au Carlton encore, dans une douzaine d'hôtels où on a retrouvé les factures de luxueux soupers, et de chambres à coucher.

Je ne me souviens de rien : cette femme, je ne l'ai jamais vue, pas plus, d'ailleurs, qu'Eve Beverly, dont je ne sais pas ce que sa photo faisait dans ma poche ni ce que les mots qu'il y a derrière peuvent vouloir dire, ou bien cacher. Et puis il y a ça, qui me trouble : pourquoi Blandice Berger se faisait-elle appeler Kim Everly, alors qu'Eve B., elle, a pris le nom de Kimberly Eave, comme s'il n'y avait pas assez de noms pour les actrices, même les légères, de Lola Moore à Gina Love ? C'est à n'y rien comprendre : trop de rimes et trop de raisons. Trop d'assonances, de coïncidences. C'est de la folie. Puis il se met à me raconter son rêve : je suis au cinéma, visionne des kilomètres de films, tous pareils, tous différents, des membres et des membres qui s'entremêlent avec, parfois, l'éclat d'une lame d'acier. Ça me laisse froid, indifférent, comme endormi, et rêvant à mon propre sommeil, jusqu'à ce que je tombe sur cette tête, belle et qui crie, mange l'écran, puis sur cette autre encore, un peu plus tard, tout aussi belle, les yeux foncés en très gros plan, avec une telle angoisse dedans qui mime la jouissance si mal qu'on se sent mal pour elle, et voilà que je me retrouve dans une salle de montage à découper sur la pellicule les deux scènes qui m'ont frappé pour les rapprocher, en fondu enchaîné, où le raccord ne se voie pas, à peine, et que mes ciseaux, bientôt, se tachent de sang et que ça me coule sur les doigts, puis les poignets, les bras, jusque par terre où je jette un regard pour voir au juste où je me trouve avant de le relever brusquement pour voir, horrifié, que je suis en train de poser la tête coupée de Blandice Berger sur les épaules en sang d'Eve Beverly. Un cri sort de la bouche sans gorge qui fait trembler d'effroi le torse sans tête et me jette en bas du lit. Je me précipite au lavabo pour me laver, alors que je suis parfaitement réveillé, comme si le rêve se poursuivait à l'état de veille : le même cauchemar, dont j'essaie de me décrasser les mains, qui se mettent à saigner de plus belle, jusqu'à ce que je me rende compte que j'avais pris avec le savon une lame de rasoir laissée la veille juste à côté. Head me montre ses mains bandées, que je n'avais pas remarquées quand il était entré, sa tête prenant toute sa place, puis son corps maigre de poisson crevé.

Les rêves, c'est du réel sans air. À deux dimensions. Comme au cinéma. Des images plates, auxquelles la mémoire seule donne du relief, et un semblant de profondeur. C'est ce que je lui dis, à Head, que toutes ces histoires lui montent à la tête, qui n'en peut plus de confondre en elle, dans le grand vide qui s'y est fait, ces mémoires blanches comme autant de faces, de bras, de jambes emmêlés en une seule et même chair. Ces films de merde, qui te tournent la tête. Autour de qui ? de quoi ? De rien... quelques fantasmes qui te mettent à l'envers. Head tape du pied, pianote sur le bord de la table... Me regarde, avale une gorgée de café qui lui remonte dans le regard, d'un coup, et l'assombrit : et MacFarlane ? Pourquoi ne m'as-tu pas dit que Blandice Berger travaillait pour lui ? Pour ses saloperies ? Qu'est-ce qui nous dit que cette affreuse orgie il n'en a pas fait une *snuff movie* ? Et que quelqu'un, après, n'aura pas vengé ce crime atroce en faisant subir à MacFarlane le sort de sa victime : les yeux dans la bouche pour dire que le regard avale ce qu'il voit, toutes les images sont des carnages, et la vision une dévoration, le cinéma un art cannibale ? Non, ça, on ne le savait pas : on n'aurait pas pu lui en parler. D'ailleurs, c'est Kim Everly que MacFarlane avait filmée, pas Blandice B. Comment aurions-nous pu savoir ? sans passer des heures et des heures comme lui à ces interrogatoires de corps nus et de visages défaits défilant par dizaines sous les projecteurs pour y faire en chair et en os leur dernière déposition : ils sont innocents, tous, victimes des preneurs d'images, des tireurs d'élite, des *snipers* qui se cachent derrière les caméras pour leur faire la peau... Non, on ne pouvait pas le savoir. Et toi ? Pourquoi nous as-tu caché cette relation avec la petite Berger ? Comment as-tu pu garder ton sang-froid quand on est entrés chez elle et qu'on est tombés sur cette horreur ? Cette tête aux yeux bandés, les cheveux tirés en queue de cheval nouée aux barreaux de la tête de lit, puis ce corps, là, écartelé au pied, les deux mains liées derrière le dos... Entre les deux : rien... Un grand drap blanc comme un écran entre la tête et le corps, avec au centre cette tache de sang qui esquissait une drôle d'image, une sorte de cœur coupé en deux...

Head n'écoute plus, il s'est levé, la tête dans les épaules, s'est éloigné : sa silhouette grise rapetisse à vue d'œil derrière la vitre. Un vieux paletot jeté sur un cintre s'enfonce dans l'air ou dans l'asphalte. C'est la même chose quand le temps durcit, comme aujourd'hui, et que l'espace, sous un tel poids, les trottoirs et les caniveaux, la rue elle-même ont ramolli. Une même mélasse mélange ce qu'on respire et où l'on marche. Une même poix noie tout ce qui part et ne revient pas. Tout est passé de l'autre côté. Où l'on n'existe plus. C'est par son ombre qu'on se fait remplacer, au moins pour la journée. Peut-être plus. Ça dépend de l'ombre, qui ne sait pas trop si elle va passer la nuit ou bien se faire bouffer par elle.

Ce sont des choses qui arrivent : un flic qui se met dans la peau de l'auteur du crime pour mieux le piéger. On identifie le coupable en s'identifiant à lui, en adoptant au plus près ses comportements, son raisonnement, ses sentiments, et quand le tueur est fou, son affolement, son dérèglement, sa folie. C'est le risque : on pense comme lui, on rêve comme lui, puis l'on comprend comment il agit, pourquoi. Le moindre de vos souvenirs et le moindre de vos fantasmes lui appartiennent aussi, qui vous mettent sur sa piste. C'est le principe de la caméra subjective : revoir le crime du point de vue du type qui l'a commis, le ressentir dans le tremblement de l'image, son vacillement, puis son brouillage complet. Le coup de couteau ou la balle tirée comme un *zoom in* sur la victime depuis l'œil fixe de son bourreau. Voilà la recette : suivre de si près le regard précis que le tueur jette sur sa proie, l'y enfonçant, l'y enfournant, pour ne plus jamais l'en retirer, que ça vous reste dans la mémoire, après, ce regard-là, fiché dans la chair de l'autre comme un membre fantôme qui vous fait mal à vous, au cœur et à la tête.

Bref, Head s'est pris au jeu à quoi s'adonne tout détective au cours de son enquête : prendre la place du criminel pour se mettre avec lui dans la peau de sa victime, comprendre le moindre détail de leurs rapports, depuis la haine de l'un jusqu'à la peur de l'autre, qui se lisent toutes deux dans les regards qu'ils se jettent, dont ils se pénètrent au dernier moment, *clue* du film qu'il faut remonter à son début, pressant *rewind*

dans la boîte crânienne de l'un et l'autre, les deux bobines où
la pellicule s'enroule puis se déroule continuellement, dont le
détective contrôle les ralentis, les accélérés, les arrêts sur image
ou les images gelées, les *stills*, comme on dit, depuis le poste
qu'il occupe dans la salle de montage, auteur et acteur, spectateur et personnage d'une histoire où il sait faire les recoupements, y jouant un rôle de premier plan, qui nous amène le
dénouement, la conclusion de l'affaire, et fait la lumière d'un
coup dans la salle surchauffée où l'on se frotte les yeux, dé-
froisse ses vêtements, quitte son siège, la salle puis le hall en
se traînant les pieds, le corps engourdi, et regagne la nuit, dehors, la rue de la nuit où il fait plus noir encore, noir cinéma,
où on ne cesse pas de projeter dans sa tête puis devant soi, sur
les trottoirs, dans les ruelles, les parkings ou les couloirs de
métro, les scènes du film qui nous ont marqué, blessé et comme
soulagé, les coups donnés et puis reçus formant ensemble une
sorte de pouls dont le cœur malade, dans sa marche sans but,
sa fuite et ses poursuites, sa course au ralenti, paraît se nourrir
pour avancer, battre la mesure du temps à vivre où il faut garder
la forme, garder le rythme et la cadence, *push up* du cœur,
redressements de l'âme, jogging sans fin de la mémoire quand
tout son être rendu à bout paraît faire des pompes au-dessus du
vide pour respirer et transpirer, afin qu'entrent et sortent le mal
qu'on est et le mal qu'on a par la même porte... à enfoncer, à
défoncer. Houf ! Bref, Head s'en sortira, même essoufflé.

On se revoit le lendemain : au Gerry's Lounge. Son paletot
gris arrive avant lui, sa tête ailleurs, encore. Toute à ses théories,
qu'il va m'expliquer, bientôt, après qu'un gin-tonic l'aura
ramené dans le vrai monde, sur ce tabouret, face au comptoir
jonché de verres vides, devant le miroir où se reflètent les
centaines de bouteilles rangées serré, comme si on voyait double
déjà... Excuse-moi du retard. Il faut attendre plusieurs gorgées

avant qu'il se décide. Comme s'il attendait le sommeil en avalant à chaque seconde un somnifère dont les effets ne se manifesteraient qu'à retardement. Puis la leçon commence, comme un premier rêve, dans le sommeil paradoxal. Tu connais Aristote ? Sa théorie de l'Imitation ? La Mimésis ? Et moi j'entends la Némésis, la grande déesse de la Vengeance. De l'Indignation. Tu la connais, non ?... Un drôle de type, notre Chester : il a des lettres, et puis de l'esprit. Le métier de flic, pour lui, c'était un genre de philosophie. Pas une éthique, ni une esthétique. Non, ce serait trop simple. Une *poétique*, comme il disait : une théorie de l'âme, une critique de la douleur, une pathétique. Mais appliquée, pratique. Un traité des passions gravé dans les choses et dans les personnes. Dans les corps nus : la chair, les os, les muscles, les nerfs... Alors, tu la connais, la grande idée du Stagirite ?... Mais quel rapport avec notre affaire ?... Suismoi. Le meurtre de MacFarlane est une réplique non *de* mais *à* celui de Blandice Berger. Tu comprends ? Il n'en est pas la répétition, il est la réponse à la question que pose l'assassinat de l'actrice : le meurtre de MacFarlane est la dernière tirade après celle de la jeune femme, cette tirade de chair vive comme un trait tiré sur l'existence tout entière et sur cette vile réalité, le cinéma en direct, le cinéma-vérité de la vie qu'on mène sous le regard des autres, dans leur point de mire, dans le champ de tir les uns des autres ou les trous de serrure percés dans les portes blindées entre le monde et soi, par où l'on glisse l'œil borgne des caméras, l'œil triste de la mémoire, du rêve ou de je ne sais quoi, qui enregistre tout, prend nos empreintes dans le sang qu'on verse... Chester paraît dans tous ses états. On ne peut pas le suivre. Ou dans le brouillard de ses pensées, avec une lampe de poche.

Ce qu'il voulait dire, mais le voulait-il vraiment, préférant peut-être brouiller les pistes, c'est que les crimes se répondent, se donnent la réplique... Pas besoin de théorie pour ça, encore moins d'Aristote. L'Imitation, m'avait-il dit, c'est quand deux pièces d'un même ensemble s'ajustent l'une à l'autre, comme l'œil au tableau, précise-t-il, comme la clé au trou de la serrure. Celle-là *imite* celle-ci, bien qu'elle n'ait ni la même forme ni la même taille : elle s'y adapte comme les deux crimes l'un à l'autre, par leurs figures renversées, comme dans la photo, comme au cinéma, le meurtre atroce de MacFarlane rentrant dans le meurtre affreux de Blandice Berger, dont il serait la clé, l'image en creux, sa tête à lui tournant dans sa tête à elle comme le passe-partout qui en épouse les formes, les cavités les plus obscures, les plus mystérieuses, et nous en ouvre l'accès. L'assassinat de MacFarlane venge l'exécution de Blandice Berger : il lui a été fait à lui ce qu'il lui aura fait à elle, que sa tête de tueur par le regard imite dans le détail des écorchures, comme les échancrures d'une clé, la belle tête nue de la petite tuée sacrifiée toute à ces deux yeux, exorbités, énucléés, d'un homme qui passe sa vie à voler l'image des autres, à leur voler leur vie, à leur faire la peau sur la pellicule glacée, qui garde l'empreinte de leur disparition, la mémoire vive de leur voyante mortalité... Bon. Je ne sais pas si j'ai bien résumé. On s'est quittés tard dans la nuit, Head plus angoissé que jamais. Il part demain sur la piste de McIntyre.

Ray McIntyre était un petit tueur, originaire de l'Oregon. On l'enrôlait pour les basses besognes : achever des types à moitié morts, des moribonds. Un homme de main pour job de bras : casser des jambes, des gueules. Ou même seulement des réputations. Parfois des vies entières, si c'en valait la peine ou le prix de la balle qu'on lui fourguait. Un être sans scrupules. Ni rien qui puisse l'arrêter de tuer. Il pourrait dire : de vivre. Une vie dédiée à la tuerie, à tout ce qui y conduit. Du moment, disait-il, qu'on ne pouvait pas le coincer. Il est partout dans nos dossiers, mais aucune preuve n'aura permis de le condamner. Il s'en sortait de justesse, toujours, lavé, innocenté. Mais on savait, nous. Tout le disait : cet homme est un tueur né, qui mourra tueur. On aurait pu dire : qui mourra tué. C'est fait. Il l'aura bien cherché.

Chester le connaît bien. Il l'a seulement un peu oublié. Il se souvient de son nom, pourtant. Et qu'il l'a connu il y a des années. Mais ne se rappelle ni où ni quand. Cette connaissance appartient à une autre vie qu'il a cessé de vivre dans cette vie même qui se continue sans lui. Il devrait tout recommencer. Resuivre la piste de McIntyre depuis le début, sans préjugés. Il fut responsable de ce dossier pendant des mois. Et c'est lui-même qui avait monté la preuve pour le procureur la dernière fois qu'on l'a inculpé. À la sortie du tribunal, McIntyre avait souri à Head, qui avait dû se tasser pour le laisser passer, lui glissant à l'oreille : *je t'aurai*. Je l'ai entendu, comme un sifflet entre ses dents : trois petites syllabes qui sonnent l'alarme. Un chuchotement. Un énorme boucan. Et McIntyre avait souri de plus belle. Ces deux-là avaient des comptes à régler. Et ils ne comptent pas sur leurs doigts seulement : ils disposent tous deux d'un *long rifle* à canon scié pour les aider... C'est ce qu'on se disait, n'osait pas dire, de peur de vexer Head, de le blesser : il répugnait au ressentiment, à la vengeance par-dessus tout. Ce n'était pas son genre. Droit, juste, comme il a toujours été. Mais McIntyre était le plus croche et le plus faux des hommes, qu'on ne pourrait pas redresser. Il fallait passer à l'acte : lui tendre le piège, le prendre au collet, ne plus le lâcher. Head disait : le trouer de balles. Pris sur le fait. En flagrant délit. Fait comme un rat. L'attraper là, l'exterminer. Le servir froid, avait-il dit. À la justice. Pour la dernière fois. Qui sera la bonne. Le seul vrai juge pour ce genre d'homme, c'est un Smith and Wesson chargé à bloc, qui tire à vue sur tout ce qui bouge et ne le rate pas.

Chester s'est rendu jusqu'à Salem, à l'ouest des Blue Mountains, dans la ville natale de McIntyre. Il y a retrouvé sa mère. Qui vit encore. A survécu à son cher fils. Dont Head s'est fait passer pour l'un des meilleurs amis : *c'était un enfant,* qu'elle dit, *un grand enfant, qui aimait jouer avec les choses, la vie, les personnes aussi, tout était jouet, à démonter et à re-monter, à échanger contre n'importe quoi, vous comprenez ? Tout se comprend. Vous aimez jouer, aussi, ça se voit dans vos mains, ça se voit dans vos yeux : des sortes de jeux... Des jeux interdits : tout casser... Tout mettre en pièces. Il s'est cassé en deux, lui... Mon pauvre petit.* La vieille était étrange, dit Head. Une sorcière, une mauvaise fée. Une mère exemplaire, pourtant... Elle lui montra des photos de Ray, enfant, adolescent, certaines récentes où il avait l'air de porter sa tête décapitée, déjà, sur des épaules qui n'en voulaient pas. Trop lourde pour être portée, et supportée. Plus longtemps que quelques mois, quelques années... Elle le laissa ensuite fouiller partout : sa chambre, d'abord, où Ray revenait dormir une ou deux fois l'an, puis son bureau, où il gardait tous ses papiers. C'est là que Head fit sa découverte : un bout de carton tout déchiré où apparaissent les noms de MacFarlane, Blandice Berger, Eve Bev... On devine les dernières lettres, arrachées avec la quasi totalité de deux autres noms dont il ne reste que les initiales : A et E... À côté des deux premiers, tracés en rouge, deux chiffres : 5 000, 3 500, suivis d'un $.

C'est à n'y rien comprendre. McIntyre aurait eu le contrat d'éliminer ces cinq personnes dont deux, au moins, sont pourtant mortes bien après lui... Chester n'y voit que du feu. Il dit : c'est dans ce temps-là qu'on y voit le mieux. Suis-moi : A et E sont Adam Read et Eva Wright, les deux premières victimes du décapiteur – en l'occurrence notre McIntyre –, Blandice et MacFarlane sont ses futurs cobayes, mais entre-temps un autre tueur, peut-être une tueuse, que penserais-tu d'Eve Beverly, avec son drôle de mot, *Tu ne m'auras pas*, ayant appris ce projet d'élimination « massive », s'en serait pris à Ray et aurait camouflé son crime en perpétrant les deux derniers qu'il avait prévus sur le modèle de ses deux premiers afin qu'on croie à un seul auteur, une seule main, une seule signature, celle même de McIntyre... Ça n'a pas de sens, Head. Décidément, il n'a plus toute sa tête. Plus même la notion du temps. Tout se renverse en lui : passé, futur, présent. Il pense à l'imparfait, littéralement. Rien pour lui ne semble avoir de fin. Tout continue, dans la durée. La durée pure, qui se perpétue. Comme si la mémoire était un éternel présent, notre seul avenir, notre dernier rêve... Eve Beverly ou qui que ce soit ne pouvait faire preuve d'autant de naïveté : croire que McIntyre pourrait survivre à son passé dans le seul projet qu'il avait fait d'enlever la vie à MacFarlane et à Blandice Berger.

Le temps est une balle qu'on tire, Head. Elle va se ficher dans sa cible, qu'elle troue, de bord en bord. On ne peut plus faire, après, comme si c'était une belle page blanche qu'on avait devant soi. Pour l'éternité. Comme si de rien n'était. Le réel n'*oublie* jamais, il a une mémoire d'acier. Pas comme nous. Le réel ne rêve pas, il se souvient de tout, et il n'a pas de regret, même si parfois c'est un véritable cauchemar, les faits, les vrais. McIntyre mort, il ne peut être suspect et Eve Beverly n'a pas d'alibi : ses crimes, c'est de sa main qu'elle doit les signer... Ton histoire ne tient pas debout : tu mêles les temps, les causes avec les effets... On n'est pas plus avancés qu'avant. Il faut encore remonter le temps, heure par heure, jour par jour, an par an. Sans rien omettre, et rien sauter dans cet enchaînement de souvenirs, de projets frustrés, de rêves obscurs une fois pour toutes réalisés, d'oublis et d'alibis de toutes sortes qui laissent des traces indélébiles, des empreintes vives dans la chair du temps, des fossiles vivants dans le corps à dépecer de son passé le plus récent, le plus morcelé, qu'on n'arrive plus à recomposer. Oui, c'est ça, on n'arrive plus, dit Head, à remettre sa tête sur ses épaules. Il faudrait tout recommencer, revivre en vrai ce qui a été, que l'on croirait avoir rêvé.

Le temps passe mais on dirait qu'il reste. Figé dans une mémoire qui nous échappe, qui nous dépasse, nous prend de vitesse. Elle repose là, dans ces cinq têtes décapitées, chacune séparée de son corps et des quatre autres, que tout éloigne comme si elles se repoussaient, les souvenirs de chacune étant l'aimant qui écarte les autres, tous liés, pourtant, mais appartenant à une autre mémoire, à une autre tête qui est à des années-lumière de la première. Head dit : on ne reconstruit pas le passé sans remonter le fil qui relie plusieurs mémoires partielles, décapitées, au grand corps gisant qu'elles supposent toutes, derrière le plus petit oubli, cet alibi de béton qu'il faudra ébranler de tout son long et qui est comme le socle sur lequel chacune de ces têtes repose, dans un vertige constant, sans jamais trouver la paix, le repos complet, tant qu'on n'aura pas soi-même, dit-il, trouvé le repos dans sa propre tête, qui est comme un lit où un mourant se débat avec les derniers instants de sa vie ou l'amant furieux engage une lutte à finir avec le souvenir de celle qui l'aura quitté en lui laissant au cœur cette balle à explosion lente qui fera des ravages dans sa mémoire avant de le laisser pour mort au milieu de ses rêves, qu'aucune personne au monde n'arrivera plus à interpréter...

Là-dessus on ira dormir. Rêver. Penser pour vrai, dit Head, quand la raison ne nous empêche plus de raisonner... La nuit porte conseil, oui, à la condition qu'on puisse fermer l'œil un peu. Ouvert grand, encore, quand deux heures sonnent, secouant le plafond qu'on fixe depuis le creux de son lit, incapable qu'on est de dormir sur ses deux oreilles. Il y en a toujours une qui siffle, comme si la tête était à *on* même débranchée. C'est un bruit de fond qui continue quand on a cessé d'émettre, tous les programmes finis, qu'on a quitté l'antenne, les ondes, fermé le poste et tout ce qui s'ensuit. L'oreille branchée et l'œil câblé à vie sur le canal payant de l'insomnie lourde. La chaîne sans fin de l'Insomnie avec un grand I. Les nuits blanches, disait Chester, sont le moment rêvé pour les images jaunies, ternies, à moitié gelées, les bruits parasites aussi, d'effacer tout, de faire comme si la terre entière n'avait pas été... Bref, Head et moi on n'a pas dormi de la nuit. On a roulé dans les draps moites de nos pensées. Sans fermer l'œil sur la nuit noire où elles nous plongent et nous replongent, chacun de son côté. On n'a pas assez d'imagination pour se sortir de la plus plate des réalités. Pas assez pour rêver éveillé aux rêves qui nous endormiraient, dans un sommeil de chaque instant, épuisés d'avoir cherché en vain à réaliser à l'état de veille ce grand désir de vérité que la nuit crée et qui ne s'assouvit que dans le plus profond sommeil, dont on dirait qu'on ne se réveille jamais.

La nuit nettoie. On se sent propre de soi, après. Le corps et l'âme lavés à l'eau du rêve et du cauchemar, qui emportent tout, nos pires pensées, nos pires visions, dans les courants de fond les plus secrets : l'absence, l'oubli. Où tout s'efface : la conscience de soi, le sentiment qu'on est, qu'on vit. On ne se souvient même pas d'avoir dormi : on était mort, c'est tout. On continue de l'être, de le paraître, même éveillé. Le cœur essoré. L'esprit lessivé. La conscience froide, réfrigérée, immense pièce blanche où l'on conserve ses morts comme des souvenirs tout frais, qu'on réveillera dans quelques siècles quand l'homme aura trouvé le remède au temps, la solution miracle à tout ce qui s'est passé. Qu'on aura classé, dit Head, l'affaire de la Mémoire. Fermé le dossier de sa propre histoire, où toutes les preuves se mêlent... avec l'absence de preuve qu'on aura été. De pièces à conviction qui montrent qu'il y a un avenir, même noir, même incertain, à ce flagrant manque de passé. On hérite ça : le manque de temps dans son propre présent. Coupable, toujours, de ne pas prendre soin de ce qui vient avant. Condamné à ce qui arrive, après. Comme le malheur. Comme un accident.

Chaque matin, dit-il, on se frotte les yeux pour y voir plus clair : savoir enfin ce qu'on fait là, l'esprit ailleurs et le corps ici, sur son lit double de glaces pilées, sorti à peine de la glacière du rêve, où l'on se conserve le temps d'une nuit. Ou moins. On a la tête si froide que les larmes gèlent au fond de ses yeux. On a l'œil morne, vitreux. Comme un glaçon, que nos pensées

51

sucent derrière nos fronts. Head dit : on a ce regard de glace, qui pend et goutte dans la mémoire. On subit ça d'un coup, cette glaciation, qui saisit le corps de l'intérieur, fige les sangs, qui montent à la tête dans une embâcle, quand le mercure tombe si bas dans le thermomètre des bras, du tronc, des jambes, qu'il disparaît sous nos propres pieds, tout notre corps vidé. On est dehors, désormais. Son propre cœur à découvert, où de l'air passe, du vent, dans une grande vague de refroidissement, une ère glaciaire qui dure encore, longtemps. On est couché dans la chambre froide du temps qui passe, perdure. Pour une cure de sommeil qui prend la vie. Une cure d'oubli. Quand on se lève on a l'air de dormir debout, la tête pendue au croc de ses propres pensées, de ses souvenirs les plus obsédants, dans le grand frigidaire d'une vie insensée, où la mémoire exerce son métier de boucher : elle nous sert froid ce qu'on a vécu à chaud avant d'en crever...

Je l'arrête... Non, Head, je n'ai pas l'impression que tu gardes la tête froide... Essaie de te ressaisir. Reprends tes esprits. Tu as perdu la mémoire, pas la tête... On dirait qu'une sorte de fièvre froide s'empare de lui, qui fait trembler toute sa pensée : des mots lui tombent des lèvres dans le plus grand désordre sous l'effet de cette violente secousse mnésique qui le traverse de part en part et ne laisse plus rien sur son passage... Des ruines, que ses paroles continuent de fouiller. À la recherche de quoi ? Un survivant ? Une vérité ? Des milliers de cadavres, qui se cachent sous la plus innocente de ses pensées, quand il commande un deuxième café, regarde la serveuse qui s'éloigne, dont les reins se creusent, les hanches se balancent jusque dans ses souvenirs, la silhouette se perd derrière le comptoir et ne se retrouve que dans ses rêves... Regarde-moi, Head, il faut que tu mettes de l'ordre dans tes idées. Une tête, ce n'est pas un bazar, où tout traîne pêle-mêle et d'où l'on sort une ou deux pensées par pur hasard... C'est un puzzle : il faut remettre les morceaux en place, imbriqués l'un dans l'autre jusqu'à ce qu'on ait une pensée complète, une tête refaite... Il m'interrompt : ma tête n'est faite que de la tête des autres, qu'on leur a coupée... Pour que je me la mette sur les épaules. Celle-ci et puis celle-là. À tour de rôle. À la place de la mienne que j'ai perdue. Qu'on m'a coupée de l'intérieur avec une lame si affûtée qu'elle ne laisse pas de trace dans le cou ni sur la nuque, mais des ravages dans mes pensées, mes rêves et mes remords... On prend un troisième café. Dans le silence qui est à couper. L'air lourd, qu'on tranche avec ses dents. Comme le fil des mots, rompu. Du fil avec des nœuds, qui ne passe plus par le chas des lèvres, des yeux : cousus, on dirait couturés.

La vie est un accident qui arrive à la mort, dit Head, notre seule essence, notre vrai lot. La vie frappe la mort, non pas l'inverse. Et ça donne ça : une histoire de plus, une histoire de trop. Un homme qui marche dans la masse amorphe de sa propre mort... Je veux dire : on va au-devant de sa mort partout où l'on va, et lui rentre dedans, on la pénètre de son vivant, la perce, la blesse puis la traverse, une balle de chair dans une cible de plomb. On se retourne, après, sur son cadavre qui nous poursuit, une ombre sur ses talons, un lourd souvenir sur son dos rond, voûté. Ça reste frais jusqu'à ce qu'on sente, au bout d'un temps, une odeur forte de lait suri ou de beurre rance, de fruit pourri : notre mémoire se décompose... Se putréfie.

Je ne sais plus trop où il veut en venir. Mais il poursuit : la mort, dit-il, se protège de nous avec notre mémoire. C'est du temps mort qu'elle met entre elle et nous, simples mortels, pour qu'on ne la frappe de plein fouet : une épaisseur de temps qui est notre histoire encore à venir et qui ne vient pas, parce que rien n'arrive qui ne soit déjà infiniment passé, ou dépassé, révolu avant d'exister. Mourir, c'est ça : une coche de plus sur le mur du temps qui nous mesure notre vie faite, toute faite. À l'échelle de quoi ? on ne le saura jamais. On a grandi trop vite. On a « dépassé l'âge » : celui de vivre, celui d'exister. Passé la limite de son propre être, une tête dans la mort, déjà, au-dessus de sa propre histoire. On a la gorge tranchée, la tête qui roule jusqu'à nos pieds. Aux pieds de ceux qui viennent, après, nous reposer sur notre socle, et contempler la tronche qu'on fait : cette face de biais sur son tronc droit, c'est une grimace du corps entier, la vie en personne qui tire la langue à tout ce qu'elle est, qui la dégoûte au plus haut point... Je l'arrête là : allez, viens, on va prendre l'air...

On ne fait rien que pour se déculpabiliser de ce qu'on n'a pas fait... Arrête, je te dis. Tu ne sais pas de quoi tu parles. Et tu ne sais pas de qui. Les gens commencent à sortir. Le dos courbé sur leur poitrine. La tête penchée sur les pas qu'ils font et qu'ils refont, plus vite que leurs battements de cœur. Ils ne peuvent suivre le rythme de leurs deux pieds, seulement celui de leurs pensées, imbibées toutes de leur dernier rêve. La face enfouie dans la buée qui leur sort des lèvres. Ils portent ce masque, qui s'évapore, du souffle court à quoi se résume leur existence : une simple respiration, une bouffée tiède, un drôle d'effluve, un tout petit feu dans de la glace, qui sent la braise éteinte, les cendres refroidies. Une émanation. Un halètement... Un essoufflement... On s'arrête à Central Park et revient sur nos pas. Recroise le Harry's Snack Bar... On n'y entre pas. On se sépare. On m'attend au bureau. Chester, lui, personne ne l'attend, maintenant : on dirait qu'il s'attend, seulement, mais à quoi ? Il va errer du côté de Chelsea, cogiter l'affaire d'Adam Read et Eva Wright.

Eva Wright et Adam Read formaient un drôle de couple. Bonnie and Clide en peinture, mais défraîchie, craquelée de partout, perdant son vernis. Autant dire en chromo. Deux vieilles croûtes en forme de diptyque, leurs belles têtes kitsch sous le strass des yeux qu'ils portent comme des besicles et les pommades qui huilent leur chevelure comme une tache d'encre, de gouache ou d'acrylique, épaisse et qui ne sèche plus, pourrit dans son jus. On dirait qu'ils font puis défont leur portrait à chaque instant, sous les fards lourds comme des paupières, les fonds de teint mous comme des doubles mentons, des poches sous les yeux, des triples joues, les rouges à lèvres et les faux cils, les after-shave et les faux toupets qui leur tiennent lieu de visage, le leur soutiennent par le dessous quand tout en lui veut s'effondrer, les yeux tomber de leurs orbites, trop petits pour leurs lunettes fumées, les lèvres pendre comme un dernier mot qui leur sort de la bouche et ne veut rien dire, trop fatigué, usé, le nez lui-même comme aspiré par ses propres narines, et toute la face un mucus rose qui tient en place par deux élastiques cachés qui le rattachent aux deux oreilles, qu'étirent à n'en plus finir les boucles en toc de l'une ou fait briller le petit crapaud dans le faux diamant que l'autre porte au lobe droit comme un furoncle luminescent.

Bref, un visage torché par un manchot qui s'adonnerait tous les dimanches à la peinture par numéro : les couleurs pissent, dépassent de partout, et les formes perdent leurs contours. Dans une aura de barbeaux. Le reste est à l'avenant. Un *face lift* de la tête aux pieds, qui aurait mal tourné. On essaie quelques retouches, on tente quelques rehauts. En vain. On ne restaure pas les vieux chromos. Son soutien-gorge, à elle, c'est des béquilles pour sa poitrine, dont le poids mort s'est affaissé, que l'on ranime au silicone, du plastique mou dans du caoutchouc, de la guimauve dans du yaourt. Et ses bretelles, à lui, une muselière qui lui retient le bas-ventre, que tout son torse bombé comme un pigeon cherche à cracher : un ventre qui se dégobille, vomit son gras à longueur d'années, comme on tire la langue et ne la rentre plus, dans une grimace qui dure la vie. Voilà. On ne se refait pas. On est le remake, seulement, du pire navet qu'on aura tourné. De série Z ou je ne sais quoi, que plus personne ne pourrait classer. Une vie pour adultes, libres et consentants. Interdite aux moins de dix-huit ans. Et aux âmes sensibles, qui ne supportent pas la vue du sang. Même en peinture. En noir et blanc.

On ne va pas refaire leur vie, depuis le début. Tout raconter. Et l'inracontable. On ne remonte pas le temps comme un visage : pas de chirurgie plastique à la mémoire, qui se défait comme nos traits en rides, en cernes, en cicatrices où se creusent l'oubli et toutes les formes de l'amnésie, les résistances, les refoulements, les aphasies du sentiment, tous les autismes qui vous enferment dans votre tête où il n'y a rien, d'où l'on veut sortir à tout prix, forçant le front, l'arcade sourcilière, la gueule tout entière sous les coups qu'on se porte depuis l'intérieur et qui vous donnent cet air d'ahuri, l'air d'Eva Wright et d'Adam Read.

Ils ont vécu de petits trafics. Mais au-dessus de leurs têtes, dit Head. Un gros train de vie mais pas de locomotive pour le tirer, les emporter. Sinon là-bas, où on les a retrouvés, sur une voie de garage, la gorge tranchée. Leur face fardée de leur propre sang. Deux morts dans un. Une mort pour deux. Un *package deal.* Pour tueur à gages qui travaille à demi-tarif. *Happy hours* du crime parfait : deux pour un, service compris. Il prend pour gage la tête elle-même de ses victimes, qu'il place sur le comptoir parmi les rangées de bouteilles comme dans les baraques de foire puis il se met à tirer dessus, faisant tout tomber dans un grand fracas de verre cassé. La tête de Read sur la tête de Wright, dans un mariage de cicatrices qui se rouvrent et mélangent leur sang, frère et sœur d'hémoglobine : une même mémoire, révolvérisée, dans une même cervelle, pulvérisée. Jumeau-jumelle d'une mort violente qu'ils auront partagée et qui a donné naissance à deux nouvelles victimes dans les annales du crime. Les deux premières du « décapiteur », de l'écerveleur ou appelez-le comme vous voudrez : Ray McIntyre ou... Chester Head.

Tout homme est mortel, mais certains le sont plus que d'autres. C'est le cas de Chester Head, toujours au bord de disparaître : un mot sur le bout de la langue, sur le point de tomber dans un oubli profond, le corps d'un homme au bord du gouffre, où sa mémoire le précipite, l'enfonce. Plus rien ne le retient à rien. Au monde. Et à la vie. L'effort de mémoire ? une perquisition dans le temps, sans autre mandat que son propre remords changé en désir : vouloir tout dire, tout voir et tout savoir. S'avouer. *S'avouer vaincu ?* Chester paraît de plus en plus coincé. Plus il cherche, trouvant partout autour de lui des pistes et des indices qui le ramènent à son passé, plus il s'engonce dans sa personne... se cache sous sa nouvelle identité de cette ancienne qu'il se découvre, plus vieille que lui, cette double vie qui fut la sienne, qu'il voudrait bien « reperdre » : *je ne suis pas l'homme de cette histoire,* dit-il, *pas l'homme de cette vie.* Celui dont Eva Wright et Adam Read furent la marraine et le parrain dans cette affaire classée qu'on peut appeler l'enfance, la folle jeunesse de Chester Head : le couple maudit, il l'a découvert lui-même avant de nous l'apprendre, fut la famille d'accueil du jeune Chester, ses père et mère d'adoption, on pouvait dire de perdition.

Amis intimes de ses parents, Eva et Adam avaient pris Head sous leurs ailes, dès l'âge de cinq ans. Une deuxième mère, un second père : les tout premiers selon son cœur, quand il avait un cœur, s'il en eut jamais un, et une identité sur laquelle on puisse compter, une carte tatouée sur son visage en forme de bouche, d'yeux, de nez avec un pouls réel qui les anime comme en tout homme l'âme qu'on lui devine dans ce qu'il regarde, raconte, respire comme s'il voyait, disait et respirait la vie elle-même. Bref, Chester peut-il aimer, avoir aimé, lui qui ne s'est jamais souvenu de rien, même avant, bien avant l'accident, qui aura souligné en rouge, seulement, ce que j'ai toujours pensé de lui : sa vie est une amnésie, un oubli volontaire de tous les instants, un acte manqué, un refoulement. Une résistance, farouche, au passé mort en quoi elle se change à tout moment, cette vie qu'il a vécue comme un effacement. Ce chemin qu'il trace devant lui dans un coup de gomme. Eva Wright et Adam Read, il est passé *dessus* comme on passe l'éponge sur une erreur de jeunesse. Comme on passe vite, sans se retourner, sur les mauvais moments qui font que les choses sont ce qu'elles sont : un éternel emmerdement.

Comment n'a-t-il pas réagi davantage quand il les a vus si décoiffés le jour où on a fait leur découverte. Celle de leur tête, en fait. Leur vilaine tête qui nous *souriait* de leurs dents d'or, de leurs dents pourries ! Quel sang-froid ! Quel sang glacé ! Chester Head était un homme mort, déjà, congelé. Cette morgue dans tout son corps, qui le tient droit, figé, quand tout s'effondre autour de lui... Ce cœur embaumé qui est en lui comme une tige d'acier, une barre de fer au milieu des os, et dans sa chair, qui redresse tout, les morts dans les vivants, les cadavres sur leurs deux pieds, les têtes sur les épaules, les vies les plus croches dans les plus droites, les plus rigides, une histoire pègreuse dans une histoire de flic... Combien d'histoires aura-t-il eues, cet homme qui ne se souvient d'aucune ? Comme si chacune gommait l'autre dans l'attente même d'être gommée. On ne peut les compter. On ne peut pas même compter Head : est-il un, deux, mille et un ? Chester est en chacun, vous et moi, par exemple, l'inchiffrable et l'incomptable, l'innombrable, l'indéchiffrable. Il n'y a pas de mathématique qui tienne face à cet homme : c'est un défi à Pythagore, à Euclide, à tous les calculs et à toutes les équations. On n'en perd pas que son latin, son arithmétique la plus élémentaire aussi : il nous coupe la main sur les doigts de laquelle on compte à rebours, depuis cinq jusqu'à zéro, le nombre de fois qu'on croit l'avoir compris, saisi dans tout ce qu'il est, aurait été, serait encore. Bref, je désespère de lui. Qui est-il ? Qui n'est-il pas ? On dirait bien que c'est moi qui perds la mémoire, la tête avec, et ma propre identité.

Je nous revois comme si on y était : le café est plein à craquer, on s'assoit au comptoir, dans les bruits de verres, d'assiettes, de couverts qu'on lave, se passe de main en main, qui s'entrechoquent et tombent par terre, parfois, dans un grand fracas, dans la poussière et les odeurs de gras, les cris, les chuchotements, les crises de nerf... À cette heure-ci, c'est une vraie foire, un cirque, un zoo, midi tapant dans le corps des hommes que leurs besoins affament, les ventres creux qui crient, les têtes, les cœurs plus creux qui crient par-dessus, pour enterrer ce qu'ils se cachent, cadavres sous la table, vices sous l'assiette, crimes crapuleux sous la serviette, quoi d'autre encore dans le sac à main qui pend sous le tabouret, le porte-documents qu'on glisse entre ses jambes... Chester commande un double scotch : pour commencer. Puis un sandwich à la viande fumée. Ouache ! Quel estomac. Je prends une salade. Avec un soda. Oui, de la glace. Et du citron. Bon. Et alors ! ? Alors quoi ? Mais qu'est-ce que tu avais de si urgent à me dire ? Que tu ne peux plus me cacher ? Il ne répond pas, boit son whisky, avale lentement, rumine, on dirait, rumine, comme si son corps tout entier, sa tête, son cœur et quoi encore n'étaient qu'estomacs, estomacs sur estomacs qui se digèrent mutuellement, s'avalent l'un l'autre et puis ruminent, ruminent éternellement. Chester ! allez ! Accouche !

Bonny and Clide, c'étaient mes proches. Oui : Eva Wright et Adam Read. Je n'en suis pas fier : j'ai trouvé ça dans leurs affaires. Il me tend une liasse de lettres, toutes signées L., Lester, Lester Read. Et alors ? Lester Read, c'est moi, murmure Chester. Non, il n'avait pas l'air fier, une mine à vous enterrer vivant, dans vos habits froissés, vos souliers sales, la barbe pas faite, les cheveux en bataille, le regard aussi, battu, vaincu. Mort au combat. Pour la ixième fois. Il regarde par terre comme s'il y était, déjà. Étendu là. Dans sa poussière. Ses propres cendres que son regard balaie. Balaie de la main un peu distraitement : c'était donc ça, une vie, rien que ça, cette pauvre réalité qu'on est, une vie effondrée, dès qu'on fouille dedans comme dans un feu éteint pour y faire surgir une dernière braise et que tout s'écroule dans un nuage de cendre et de fumée. On ne va pas le remonter : son moral est au plancher. À côté de son corps : dans la même poussière, dans la même saleté.

C'est vrai, c'est son écriture : des pattes de mouche dans de la gomme à mâcher. On se plisse les yeux pour voir où ça s'en va, ces drôles de lignes avec leurs lettres qui marchent comme en boitant, les pieds et leurs jambages collés au papier. Des mouches sur du ruban gommé. C'est son style, aussi. Qu'on reconnaît tout de suite, si on arrive à lire une ligne. Celles-ci, par exemple, que je déchiffre : ... *Ne me laissez pas tomber, non. On n'abandonne pas les abandonnés. Vous m'avez ramassé, vous me garderez... Je suis votre vrai fils. Celui que vous n'avez pas fait, mais que vous avez pensé, conçu de a à z. Dans votre tête et dans votre cœur. Au bout de vos doigts. Dans cette vraie chair : l'âme qu'on met dans tout ce qu'on dit, pense, fait. Le cœur sur la main, le cœur sur les lèvres. Dans les regards qu'on nous jette, les paroles qu'on nous adresse, le bras qu'on nous tend. On ne fait pas ceux qu'on aime avec de la semence et une matrice, mais avec des mots, des souvenirs, des désirs, des*

62

sentiments, tous ces petits gestes qui vous calment l'âme, l'endorment chaque soir dans des rêves qu'ils font lever en elle pour qu'en tombent d'un coup tous les soucis, tous les chagrins, toutes les angoisses de la veille... Je vous embrasse. L.

Tu vois ? Si, je vois bien. C'était signé, clairement. Aussi clair que des empreintes digitales sur un Wesson, un Colt, un Beretta. Des traces de doigts dans la matière verbale. Dans cette chaire mentale : une voix, un ton, un style. Une marque sur la peau d'un homme, qu'il est seul à porter. Une cicatrice virtuelle. Un signe particulier. Chester Head ou Lester Read dans le même bourbier : ce mélange indéfinissable de soi, des autres, de tant de personnes en soi que c'est une glèbe, une boue avec quoi on n'a pas réussi à faire le premier homme, par manque d'unité, manque de talent pour donner une forme précise à cette substance amorphe qu'on appelle âme et qui est un simple tas de vase, dans une enveloppe qui se déchire au moindre geste. Voilà ce qu'il pense, Head, qui me dit tout ça dans un mélange de whisky, de smoked meat et de fumée de cigarette qui lui sort par le même orifice que l'air, les mots, les silences et les petits cris où je devine chacune de ses pensées, une charade de hoquets et de borborygmes.

Adam

Ce n'est pas tout, dit Head... L'a-t-il « dit » ? L'a-t-il « mâché » ? *On ne sera jamais au bout de nos peines.* Ça, il l'a crié. Ou c'est tout comme. Il l'a sorti, d'une traite, avec ces mots : *j'ai retrouvé la trace d'Eve Beverly*... À voix haute. Au-dessus du brouhaha. Une poche d'air dans l'atmosphère, où on étouffe. Une poche de silence, ces mots, comme un temps mort, une accalmie. *C'est ma demi-sœur...* qu'il dit. Quoi ? Oui, ma sœur adoptive. Bonnie and Clide, encore. C'est eux qui l'ont accueillie, la petite Eve B., quand ses parents furent arrêtés, pour vol à main armée. Deux petits malfrats du Wisconsin, qui ont fini leurs jours en taule. Suicidés tous deux, à une semaine d'écart. D'une overdose. Les prisons du Middle West sont pleines de dope... Eve Read, qu'elle s'appelle, la Beverly. Elle avait douze ans quand Read et Wright l'ont adoptée, sept ans après moi. Orpheline aussi. Enfant unique comme je l'étais. Si tant est que je l'aie été, enfant, unique ou pas. On est de la même année, elle et moi. Du même mois, presque du même jour. On dirait de la même couvée. Coulés dans le même moule. Jumeaux à vie. Pas pour de vrai, non. Jumeaux de rêve, en fait, ju-meaux de nuit. C'est ce qu'elle disait. Enfin, ce qu'elle écrit : jumeaux de mots, aussi. Pas de sang, pas de chair. De vent seu-lement.

Comment le sais-tu ? Il me tend un petit carnet, la couver-ture presque arrachée, avec dedans, à la toute première page, le mot journal écrit en gros, à l'encre mauve, une écriture de fille, et puis dessous : EVE, le V en forme de jambes écartelées.

Étrange, pour une jeune fille... Je feuillette vite. Je ne vois qu'un mot qui ressort presque à chaque page : Lester, Lester partout, couleur violette. Je m'arrête sur ça : *Ne me quitte plus, jamais. Toi mon siamois. Je ne veux plus qu'on me coupe de toi : c'est me couper les bras, les jambes... C'est me couper les vivres. Lester, aime-moi...* Tu l'as aimée ? Ça je ne sais pas. Ce journal, c'est des lettres qu'elle n'envoie pas. Ou bien qu'elle recopie. Ou des brouillons de billets qu'elle m'aura remis. Peut-être en cachette. Qui sait ? Les ai-je reçus ? Y ai-je répondu ? Regarde plus loin, vers la fin : *Ils veulent ma peau, les salauds. Me vendre au plus offrant. Troquer mon corps. Payer leur dette avec. Leur dette de cons. Et pour combien ? 2 000, 5 000, 10 000 ? Ils l'avoueront jamais. Radins. Pour 25 cents, 30 sous ? Combien je vaux, moi, Eve de plus rien ? ! Mon corps mis à l'encan. Pour leur tête de cons, mise à prix par toutes les polices et tous leurs « amis ». Et par n'importe qui. Leur tête de cons mise à couper...* Silence. Tu la soupçonnes ? Comment aurait-elle pu faire ça, avec cette écriture si fine, cette encre mauve, ces trèfles à quatre feuilles qu'elle glisse entre les pages, ces mots qu'elle ne t'envoie pas... Les innocents sont des coupables qui s'ignorent, dit Head. C'est parmi les victimes qu'on recrute les futurs tueurs. Les petites criminelles comme elle, qu'on pousse au crime dans chaque regard qu'on jette dessus, un peu plus lourd chaque jour, qui finissent par leur peser, leur pousser le cœur jusque dans le bas-ventre : ça leur retourne la peau comme le bien qui vire au mal, toute cette beauté dans ce qu'il y a de plus laid, deux mains autour de la même caresse comme deux petits poings chargés à bloc contre la vie, contre l'amour en chair et en os, dans quoi l'on frappe avant d'être frappé, dans quoi l'on cogne avant d'être k.-o...

Je vois plein de mains sur elle, et tous ces yeux qui se retournent. C'est des couteaux à cran d'arrêt. Des menottes à ses poignets. Des pistolets dans le dos. Des cordes à son cou. Un jour elle se venge. Tire sur les cordes. Tellement que c'est tout l'homme qui vient avec. Le corps des hommes par le gros bout de leur regard, par le nœud de leurs caresses, plus dures que leurs poings nus. C'est comme tirer la chasse sur sa propre image qui se reflète dans la cuvette : on ne peut plus se voir en face dans cet œil mort que les autres nous jettent... comme s'ils jetaient leur âme aux chiottes. Tu me comprends ? On extermine les autres parce qu'on ne peut plus se voir dedans : dans ce regard qui nous condamne. Sur quoi on jette son vitriol. Ça nous aveugle. Nous défigure... On tue aussi pour se faire plus laid que ce qu'on a vu dans l'œil vitreux de sa victime. Se détester un cran au-dessus : au-delà de la haine qu'ils nous portent dans ces regards dont on se salit... Du papier gras sur la figure. Voilà ce qu'elle pense, Eve B., et ce que ça vaut l'humanité : la boulette de papier sur quoi on tente d'écrire sa vie, roulée en boule puis chiffonnée, jetée au panier. C'est ce qu'on a fait d'elle. C'est ce qu'elle fera d'eux, Read, Wright, et MacFarlane.

MacFarlane ? Oui. Je suis allé fouiller chez lui, aussi. Eve parle partout d'un Mac dans ses cahiers. Elle crache dessus à longueur de pages. Elle dit : *il prend leur peau aux filles dans ses damnées photos. Ses films ? Des kilomètres de peau. Égratignée, colorisée. Il y imprime tous ses fantasmes : ses yeux comme des images plus vraies que nature, plus grandes que la réalité. Et nous : des écrans roses, troués de partout. Elle dit : du cinéma vérité, qui montre que vivre est un mensonge. Dans toute sa nudité. Des corps écrasés sur des images. Des chiennes, plutôt, écrasées dans la rue. Les tripes à l'air, l'âme répandue sur la chaussée. Des insectes rares, entre deux plaques de verre, sous le microscope des mauvais rêves, dans le laboratoire secret des salles obscures, ces chambres noires où se révèle toute la misère en un regard, deux yeux ronds comme*

67

la terre qui tourne à vide. Elle dit aussi : *des corps comme des fœtus dans le ventre en verre des images technicolor, des corps prématurés et qui s'avortent, se mettent au monde de force, se présentent par le siège, poussent puis crèvent l'écran, répandent leur sang sur la pellicule glacée, puis poussent encore comme on pousse un cri, de toute sa chair qui se contracte. Sa vie bâillonnée. Sa vie entravée. Dans des cadrages serrés. Qui vous compressent les hanches, les seins. Vous coupent la tête, cambrent les reins. Vous broient le cœur dans un gros plan. Des camisoles de force, ces close-up d'homme sur tous vos membres, mis en charpie. Ces yeux qui passent, repassent. Ces mains baladeuses, ces paumes chercheuses, ces doigts fureteurs qu'il y a dans chaque regard qui vous croise et vous traîne par les pieds, par les cheveux, par les poignets, dans un travelling au ralenti qui va d'un lit à l'autre. Le dos au sol, l'épaule au plancher. Comme un tapis. Un vieux drap de lit. Usé jusqu'à la corde. Où se roulent les corps sans nombre qu'il y a dans chaque regard vautré sur vous, fourré en vous comme un fusil dans son étui. Et puis ça tire de partout. Des balles qui partent, ricochent à l'intérieur, dans votre corps sans force, dans votre corps à bout : une cible à bout portant. Leur doigt comme un canon qu'ils glissent dedans pour élargir les trous, rouvrir les plaies comme on soulève une jupe, baisse une culotte.* Elle dit : *Mac, c'est tous les regards des hommes en Un. Un doigt énorme qu'il pointe sur votre tempe. À tout moment ce regard d'acier menace de vous faire sauter. Tout le corps tremble. Ce tremblement, c'est ce qui lui plaît : il veut de la peur qui jouit, et qui sourit. Il veut des corps qui plient sous les regards, se moulent à eux, comme une plaie vive autour d'un couteau.* Elle dit : *je le tuerai.*

J'ai retrouvé le contrat entre les Read et Mac : ils lui donnent leur fille, mineure encore, pour ses films pornos et ses photos, et il passe l'éponge sur les milliers de dollars qu'ils lui devaient. De l'argent sale contre un corps pur, intact, qui le blanchit. On se lave les mains dans cette nubilité. Cette virginité que l'argent versé rougit d'un coup, comme si on plongeait dedans son propre cœur, cette cicatrice qui suinte, cette plaie qui souffre d'hémophilie, d'aimer et de haïr, de quoi encore qui la fasse saigner comme on saigne un porc... Mais moi, dit Head, où étais-je quand ça s'est passé ! Qu'est-ce que j'ai fait ? Qu'est-ce que j'ai bien pu faire ! De ça. D'elle, de moi. Et de cette vie.

Tout se recoupe. La vie des uns et celle des autres, avec précision : un coup de couteau à hauteur de cou, une tête qu'on pose sur des épaules, où elle tient mal, un visage familier sur un corps étranger, le tout sans nom, sans signification. Ça crie, ça jure. Dans la violence des recoupements, des décollements et recollements, dont seule une mémoire surhumaine pourrait être capable, coupable aussi, dans un esprit qui serait dérangé... MacFarlane et la petite Eve, c'est presque la même histoire, pendant des années. Il lui prend la vie en photo : elle lui donne son âme en image. Une transfusion. Par le regard, par la vision : la beauté passe du corps de l'une dans l'âme de l'autre qui est dans ses yeux cette pupille large comme une douille de gros calibre, une balle traçante qui vise partout où il y a de la vie, et dans Eve B. par-dessus tout, qui en déborde... Ils mêlent leur vie dans le même sang frais, la même chair fraîche, et ça leur fait une seule et même âme : un filet de souffle entre les lèvres...

Head penche la tête, il ne sait plus où il en est : il est dans nos têtes ce poids de trop, cette charge trop lourde pour la pensée, l'insupportable, l'inadmissible. J'ai une migraine à tout casser. Le front qui pèse, les tempes qui pressent, les côtes me serrant le cœur, la gorge serrant ma voix. Ma mémoire bourdonne, et m'assourdit : une chambre d'échos de tous les cris, les pleurs, les coups de feu sourds, comme étouffés, que l'on entend au cours d'une vie, rassemblés là dans le même bruit blanc. Une chambre d'écoute des pires horreurs, que le passé amplifie. Des crimes à répétition, des cris à perpétuité : *Eve, Eva, Heaven, Heavy, Event...*, un son lourd, qu'on ne peut pas couper. Pas de sourdine, et pas de boules Quiès. Contre cette musique qui vous fait danser le cœur entre les poumons, danser la cervelle entre les oreilles. Rien, non, pour insonoriser sa tête, grande ouverte sur ces bruits de fou, sur ce bruitage d'enfer : déclics d'appareils photo, armes qu'on recharge, dents qui claquent, lèvres qui bruissent dans des baisers forcés. Par-dessus tout : cette femme qui crie dans ses deux mains, deux pages arrachées d'un journal où c'est écrit dans de vraies larmes que la ligne de vie et la ligne de chance qu'on lui a tracées se sont arrêtées, d'un coup, quand la ligne de tir d'un homme qui l'a dans sa mire depuis toujours s'est mise en travers pour leur barrer la route... Et lui, Head, Lester Read, où était-il ? Que faisait-il ? Il est sans mot. La bouche ouverte, les lèvres qui remuent toutes seules. Comme un auteur qui n'a pas de crayon : des pages et des pages lui traversent la tête et rien pour les écrire, les décharger sur le papier. La tête éclate, bientôt, et tout se répand dans la réalité.

Le café bruit de partout. Une ruche amplifiée. Les serveuses crient les commandes. Les clients crient tout ce qu'ils masti- quent comme s'ils mangeaient à voix haute tout ce qu'ils se disent : des mots d'amour ou des mensonges, des secrets et des confidences, des sifflements de soupe, des mâchements de viande, des croquements de croûtes. Mais, Head et moi, ça y est : on est au-delà. Au bout du comptoir. On entendrait une mouche. Pas seulement voler. Se frotter les pattes devant une miette de pain qui nous tombe des mains. On entend tout. Comme si on y était, dans la tête de cette mouche, dans les poils de ses pattes, à écouter craquer la mie, s'émietter le temps, passer la vie.

Il faut la retrouver, Eve Beverly, c'est elle la clé. Head dit :
la porte avec sa serrure... et tout ce qu'il y a de l'autre côté. Il
partira à sa recherche. Suivra la piste des petites annonces, où
des milliers de jeunes femmes offrent leurs services. Eve B.
l'avait écrit – il lui restera ça, après : quitter Mac, partir à son
compte. Et marchander sa propre vie. Contre une chambre, un
repas, dix grammes de hasch. Un sourire, un baiser. Deux ou
trois mots qui vous réconfortent. Tout cela, c'est de l'histoire
ancienne, que je lui répète : qu'est-ce qui te fait croire qu'Eve B.
fait encore ce métier ? ! Il n'écoute pas. N'écoute que son
passé : des voix dans le temps. Il part pour ce temps-là, qu'il
dit. Traversera le temps dans toute sa longueur, dans toute son
épaisseur. Dans la douleur, qui s'épaissit. La croûte que gratte
votre mémoire autour des plaies qui ne se cicatrisent jamais...
On ne l'a plus vu pendant des mois. Plus entendu. Crier ni
marmonner. Pas de nouvelles et puis soudain, cette lettre. Des
phrases, en fait. Des phrases enfilées. Comme tous ces kilomètres qu'il a dû faire pour arriver jusqu'à Tucson, Arizona,
Motel Splendid, comme dit l'en-tête de la lettre : lit d'eau, vidéo
trois X, location à l'heure ou à la journée, forfait hebdomadaire,
casino et autres commodités. La lettre ne commence pas. Elle
est au-delà des commencements, depuis longtemps, depuis des
siècles : ... *Ce n'est pas une apparition qui me fera croire en*
Dieu mais les disparitions. Les personnes recherchées, il faut
que quelqu'un les cache, les couvre. Pas dans la lumière. Dans
l'ombre, toujours... L'ombre est ce qui va le mieux à Dieu, pas

71

les auras qu'on veut lui faire porter. Une aura d'ombre, voilà ce qui lui va. Comme à Eve B. Une auréole qui lui cache la face. Et nous montre le reste dans toute sa nudité, toute sa sainteté... Ça lui découvre l'âme et l'on voit tout : que l'être est nu jusque dans son cœur, rasé de près comme un pubis... De longs passages sont illisibles, qu'il a dû écrire très vite, sans les relire. D'une écriture sténographique. Les caractères à peine esquissés n'arrivent pas à suivre le rythme de ses pensées. Puis on tombe sur ça : *... Les filles de bar, les filles de rue, c'est des déesses à bon marché. On les achète pour quelques sous : elles font des miracles en cinq minutes. C'est des reliques vivantes, qu'on collectionne pour son salut. Des images pieuses, pour ses autels particuliers. Au pied desquels on a brûlé tous ses lampions, brûlé sa vie...* Là, il s'interrompt. Puis recommence sur une autre page : *... des anges qui se découvrent un sexe. Et qu'il vaut plus que les prières. Elles se rachètent des ailes, avec. Ces ailes qu'on leur a coupées. Il y a longtemps. Comme on arrache les yeux, les bras, les jambes à ses poupées quand on est enfant. Elles sont comme ça : des poupées d'ombre, sans jambes, sans bras, sans yeux, avec des ailes autour du corps, comme autant d'âmes qui leur montrent à voler. Sur leurs talons aiguilles. À s'envoler. Au-dessus des trottoirs, où elles projettent leur ombre, seulement, leur ombre noire, jamais leur âme, qui reste rose entre leurs ailes ployées, rose comme une jupe qui bat dans le ciel sans rien en dessous : de l'air, du vent. Pas de chair, pas d'os, qu'un chiffon rose dans le ciel changeant... Voilà comment elle est disparue, Eve Beverly. Alias Read, alias Wright, alias Conny, alias Jessy, alias Bessy, alias qui ? Elle se perd dans la nuit des anges. On entend battre leurs ailes coupées. Comme un cœur fragile qui vient tout juste de s'arrêter. Que ses réflexes secouent, encore. Un mouchoir rose au* *bout d'une main. Un vieil air triste dans une mémoire. Une paupière noire sur un œil qui dort, on dirait pour l'éternité.*

Ça continue, pendant des pages et des pages, avec de grands bouts de phrases qui n'ont pas de sens. Ou en ont trop. On n'est pas sûr de bien comprendre. Il nous faudrait une autre langue, que Chester seul pourrait nous apprendre. Une langue qu'on parle entre les mots, pour saisir d'autres vérités : ... *Enfant, on arrache leurs ailes aux mouches. Maintenant, c'est à tout le monde qu'on les enlève. D'abord aux femmes et aux enfants. Aux faibles. À tout ce qui vole de ses propres ailes quand ça nous pèse, nous, ce corps trop lourd, cloué au sol, le sexe pesant entre les jambes, comme s'il pendait dans notre tête, accroché là à la mémoire. On leur envie leur légèreté, leur agilité à re-gagner leur place au ciel. Rien qu'à gagner sur le ciel un peu d'espace et d'air, où respirer autre chose que sa propre sueur : l'odeur des dieux, de la beauté, de la sainteté qu'il y a dans la beauté la plus vulgaire, la plus ordinaire. Eve B., c'est une fille comme ça. Aux ailes taillées si court qu'on ne les voit pas : on les lui a repliées comme si on lui avait tordu les bras. Elles ont fini par se briser. S'user, tomber. Ne reste que des pentures, qui grincent dans son dos nu. Deux omoplates si maigres qu'on dirait le fossile à demi rongé d'un archange vierge, imprimé là dans la chair friable d'un corps qui se délite. Son visage, c'est le souvenir de ses ailes, qu'elle rabat sur ses yeux clos pour ne pas qu'on voie qu'il lui en reste un bout, encore. Qu'elles n'ont pas toutes passées au feu. Au feu d'une vie qui s'est trop vite éteinte. Sous toutes ces larmes qu'elle y a versées...*

Il en rajoute. Il en fait trop, Head. Qui donc va l'arrêter ? Lui il dirait : le mettre aux arrêts. Et mettre au frais toutes ces pensées. Les enfermer. Dans une autre tête, une tête blindée. Contre la folie, contre la mémoire qui se cogne aux murs que l'oubli dresse dans le cours d'une vie, dans l'espace étroit d'une

73

vie d'homme dont Chester Head n'arrivera plus à se libérer, ni de jour, ni de nuit, pas même dans ses beaux rêves, changés en cauchemar. Je cite, je cite encore, je pourrais citer pendant des heures, et ne rien dire du tout. ... *Ses yeux : des escarbilles de cendre, des charbons doux. Plantés dans son visage comme deux olives noires dans une pizza médium, mangée à moitié. Cette fille a un sourire si bref, si douloureux que lorsqu'elle sourit c'est comme si on ouvrait puis refermait un couteau de poche. On a dans la tête, après, l'éclat de ces dents qui mordent dans le vide, d'un coup. Leur part de néant. On croirait qu'elles mordent dans nos vies, ces dents plus blanches que le blanc des yeux. Qu'il mord en moi, ce sourire-là...* Il a écrit : sous-rire. Il aurait pu dire : sous-larmes. Les rires et les pleurs cachent quelque chose qui les dépassent. Qu'on trouve dans les fous rires, dans les sanglots, dans tout ce qui passe à la limite. ... *Cette fille, c'est la limite franchie entre les rires et les pleurs... leur mélange dans son corps nu, qu'ils secouent de la même manière... ça la jette contre les murs où elle s'enferme. Les quatre murs d'une chambre à louer. Les quatre murs d'une vie à vendre. Ou à céder. Qui se mettent à trembler. Du même tremblement qu'entre ses tempes ce cœur fragile qui lui prend toute la tête... et lui pompe la vie...* Voilà. Chester n'a pas pris la peine de signer ça.

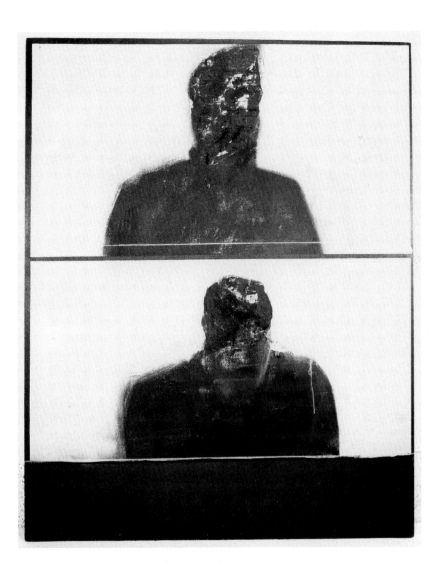

On peut le suivre à la trace de ses lettres depuis ce jour-là. Le surlendemain c'est d'Albuquerque, Nouveau-Mexique, qu'il m'envoie cette carte postale : une route toute droite entre des cactus. Et à l'endos ces quelques mots : *elle ne m'échappera pas. L.* Je ne sais plus quoi penser. Possible qu'Eve B. ait voulu se venger. Mais elle n'aurait pas pu faire ce sale boulot toute seule. Son corps si grêle, ses frêles épaules. Et ces yeux-là, qui n'auraient pas supporté la couleur du sang. Et McIntyre ? Et Blandice Berger ? Qu'est-ce qu'ils viennent faire dans cette drôle d'affaire, ceux-là ? Eve B. n'a pas agi en solitaire. Head l'aura-t-il aidée ? Sa course folle d'un bout à l'autre du pays, n'est-ce pas une fuite, plus qu'une poursuite ? Un aveu, plus qu'une enquête ? Il court après elle pour la protéger, ça ne fait plus de doute : c'est sa complice. Une sœur de sang, de sang commun. Ce sang qu'on verse ensemble pour se souder, coupables l'un l'autre. Inséparables, même à des kilomètres l'un de l'autre. Siamois qui tuent d'un seul et même bras, d'un seul et même cœur, et qui partagent la même mémoire : une seule tête sur leurs épaules qui se touchent la nuit en rêve, dans des cauchemars où ils s'étreignent avec entre eux le corps sans tête de leurs victimes, les Wright, les Read, les MacFarlane.

Non, je délire. Blandice, McIntyre : ça ne peut être eux. Pourtant ces crimes sont de la même main, la même main portée comme une arme blanche sur la vie obscure des autres victimes, qu'elle a emportée. Avec leur tête. Et leur mémoire, et leurs mauvaises pensées... Je vais retourner chez MacFarlane : j'ai

l'intuition que c'est là qu'on pourra le trouver, le chaînon man-
quant, le lien entre ces tableaux d'horreur, le film entier qui
relie entre elles ces images gelées. Cette gelée d'images, aurait
dit Head : on n'arrive plus à s'y reconnaître. Derrière le film
des événements, il y a un montage qu'on ne comprend pas,
qu'on imagine seulement, le revoyant dans ses pensées. Cette
série de crimes, c'est un strip-tease : on enlève les morceaux
un à un, les premiers moins importants, ou moins compromettants, jusqu'au dernier qui révèle tout, met tout à nu, la vérité,
les vrais coupables. Ils se sont débarrassés de Wright, Read et
MacFarlane sans se découvrir, gardant une main devant leur
sexe. McIntyre, Blandice, c'est le dernier bout de tissu, la feuille
de vigne. Ils vont enfin se dénuder. Se révéler. Je veux les voir
dans cette dernière scène : sans voile et vulnérables, deux
nouveau-nés dans leur costume d'Ève, d'Adam, dans leurs
habits de vérité, leur chair offerte, pas encore lavée du sang
tout frais où ils sont nés... Bon. Il faut se calmer. Ne pas se
mettre dans la tête de Head, prendre ses pensées pour des réalités. Rester lucide. Fouiller dans les studios de MacFarlane :
trouver l'image qui manque entre les personnes pour qu'elles
tiennent toutes dans le même cadre, le même plan-séquence,
leurs corps qui glissent sur les deux rails du même travelling,
d'une même histoire qu'on appelle *vie*, ce vaste panoramique
qui va de Manhattan à Albuquerque aller-retour en vingt-quatre
images seconde, pas plus, pas moins, comme le mouvement au
ralenti d'une main qui tranche une gorge avec une lame qui
brille de tous ses feux, sous les projecteurs qu'on braque dessus
comme ses pensées sur un souvenir qu'elles ont perdu de vue...

On entre dans un fouillis. La main qui cherche de son côté,
les yeux du leur. Toute sa mémoire entre les deux, qui croit
chaque fois avoir trouvé. Voilà une photo d'elle : Blandice
Berger. Plus jeune que dans ses films, une bouche fardée dans

un teint pâle : une goutte de sang dans un kilo de coke. Une larme d'hémoglobine dans une seringue pleine d'héroïne. Bref, Blandice Berger. Avec sa tête encore sur les épaules. Pas pour longtemps : elle penche un peu du côté gauche. Son cœur trop lourd la tire par les artères, les veines, les nerfs qui courent à hauteur de cou. Et tire les traits de son visage, avec son sourire forcé, comme un baiser. Ses lèvres rouges comme un coup qu'elle aurait reçu. Gonflées d'un sang qui pulse dedans tel un deuxième cœur, sur le point de crever... Bon. On ramasse ça. Et c'est dédicacé : *À Mac, B. B.* On passe à un autre chose : une vieille facture, toute seule dans son dossier. Des lettres, des chiffres. Signée *R. M.* Ray McIntyre ? Sur deux colonnes : des initiales, des sommes rondelettes, puis l'addition, salée. J'empoche ça. Ça peut toujours servir. On fouille encore, c'est une bonne talle, un bon filon. Un cahier noir au fond du classeur, une étiquette collée dessus avec ce mot : *scénario*. J'ouvre : un titre obscène et puis ce nom, *L. Read...*

On va à la dernière page et on ne doute plus : *Lester R.* Puis, écrit plus petit, de la main de Mac : *pour Eve B.* Tout se complique, se simplifie : les noms se tissent les uns aux autres comme un seul Nom, certains diront le nom de Dieu, cet autre nom de la Vérité. La vérité simple : en trois personnes. Chester Head, Bob MacFarlane, Eve Beverly : un seul monogramme sur le même poignard, la même crosse de revolver. Chester complice de Mac ? pour exploiter la jeune Eve B. ? Chester complice d'Eve B. ? pour assassiner le vieux satyre ? Mais McIntyre ? Mais Blandice B. ? C'est à n'y rien comprendre : mystère douloureux, mystère complet. Je rentre chez moi avec les pièces de ce puzzle. Puis j'échafaude des théories : des châteaux de cartes qui s'écroulent d'un coup dès que je retire la dame de pique, l'as de cœur ou le joker. Je ne sais plus trop où j'en suis : avec Chester, sans doute, dans sa pauvre tête, sa pauvre peau, dont je ne donne pas cher. On en est là. Dans le pur brouillard. Dans la seule mémoire, quand tous les souvenirs se sont enfuis.

Je reçois une lettre de Head, sans adresse. Le cachet de la poste est de l'Utah. Est-ce qu'il revient vers l'est ? Elle dit ceci, hors contexte, comme si c'était une citation, un simple exergue, une épigraphe : ... *filmer les filles leur pompe la vie, leur siffle l'âme. Qui est dans leur peau. Celle du visage, d'abord, qui nous la montre nue. Et puis les autres, plus intérieures, où elle se retire. Dans les replis du corps, où les caméras vont la chercher, la débusquer. Fouillant les trous, les puits sans fond où elle se terre quand elle est traquée... C'est des métrages et des métrages de vie qui coule par tous les pores, ces images-là, des traces que laisse dans la poussière ou dans le sang la proie blessée que le chasseur de têtes... qui ne chasse pas que les têtes... poursuit et vise entre les côtes, entre les reins, camera à l'épaule et l'œil collé à l'objectif : la rattraper, toucher son cœur... toucher la prime... Eve B. me fuit comme si elle fuyait les caméras... L.* Il en sait plus qu'il n'en dit, ça se voit. Il le savait, pour le scénario. Que c'est bien lui, Chester Head alias Lester Read, qui l'a écrit pour elle. Enfin : pour MacFarlane, qui y ferait jouer la petite Eve. Il faut que je retrouve ce film, qui n'a peut-être pas été détruit, après tout ce temps. J'irai demain... J'ai lu le script : c'est du Chester. À n'en pas douter. Un peu compliqué pour une série B, encore plus pour un film XXX : l'histoire d'un type qui vend sa sœur à ses amis, les assassine ensuite, leur coupe le cou, rapporte leur tête à sa frangine... Salomé ? Judith ? ... Eve B.

Il y a deux ou trois événements dans une vie d'homme. Le reste du temps, on se répète... On ne joue plus que la répétition de sa propre histoire. Dans les costumes d'époque, dans les décors naturels. Enchaînant chaque scène dans le bon ordre. Mais sans personne à qui s'adresser, devant un parterre vide. On connaît la pièce par cœur, à la nausée. On voudrait *jouer* pour vrai. Devant une salle comble, à guichets fermés. Mais il n'y a pas de première... Peut-être une dernière, qui a eu lieu il y a longtemps... Et puis rideau. Rideau pendant des siècles. Chester le sait, qui vit sa vie en play-back : une éternelle répétition. Il a hâte que ça s'arrête. Que les trois coups l'annoncent, enfin, sa vie en pièces jouée en public, que les huées, les sifflements, les claques ironiques chassent les acteurs et les actrices, l'auteur et le metteur en scène, qu'il ne reste plus sur terre qu'un seul spectateur qui demande à cor et à cri qu'on le rembourse ! Bon.

On voit déjà comment cette histoire va se terminer, sous les huées. Les cris et les grincements de dents, le chahut le plus complet. L'apocalypse à portée de main, dans un théâtre burlesque, quand l'unique comédien qui reste en scène, après avoir éliminé tous ses complices, rate sa sortie, oublie l'ultime réplique, s'accroche les pieds dans la rampe, la tête dans les cintres, bref manque la fin, que toute la pièce en souffre, après, pendant des siècles et l'éternité. Et nous avec. J'ai reçu cette lettre : ... *Oui, tu l'as deviné, je sais. Je l'ai revue, Eve B. Je l'ai suivie de bar en bar. De peep-show en peep-show. Jusqu'à Tucson, Arizona... Elle m'a reconnu. M'a tiré dessus. Pour la*

*deuxième fois... Je m'en sortirai. Je m'en sors tout le temps.
Pourquoi ? On me sort de ma vie, mais la vie, elle, on ne la
sort pas de moi. On m'expulse de ma mémoire, seulement,
m'exclut de mes pensées, de mes remords, de mes regrets, mais
moi je voudrais sortir de moi tout entier, sortir la vie de ma
vie au grand complet, avec ma tête qui part, mes idées qui fuient,
qu'il ne me reste rien, pas même ce corps étranger dans quoi
je bouge sans savoir où je vais, et d'où je viens, où je m'agite
mais ne vis pas, ces bras et ces jambes comme des prothèses à
quoi je ne m'habituerai jamais : je voudrais marcher, étreindre,
remuer avec les mains et les pieds d'un autre, qui ne m'appartiennent pas, pas plus qu'elle, Eve B., à qui je voudrais laisser
toute la place, en moi, est-ce qu'elle le sait, est-ce qu'elle le
sent, qu'elle prenne ma place pour le reste de mes jours – je la
lui laisse comme je lui laisse la vie, la vie sauve, la vie libre :
qu'elle soit la seule survivante de cette histoire qui nous est
arrivée... et qui ne part plus, ne part pas plus qu'une tache de
sang sur une robe blanche, immaculée...*

*Une vie de motel, sa vie. Une vie de chambres à vingt
dollars la nuit. Chaque jour je la vois descendre de l'autobus
dans des petites villes minables, avec un sac, seulement, jamais
de valise. Tout est bâti autour du terminus : le bar, l'hôtel,
l'église et le poste de police. Parfois, il faut prendre un taxi,
parce que le maire ne veut pas de ça chez lui : le club à est
cinq ou six kilomètres du centre, dans une ancienne station-
service, dans une usine désaffectée ou, comme ici, dans ce
Boomtown pourri, près de Tucson-South, dans la salle à manger du motel Splendid, convertie en bar western, avec attrac-
tion spéciale : cow-girls en nu intégral. Je l'ai suivie jusque
là. Elle et sa tête d'ahurie : elle ne dort pas de la nuit et elle
voyage pendant la journée. Ce n'est pas une vie, c'est de
l'insomnie, chronique : quitter le bar X à quatre ou cinq heures,*

*prendre l'autobus pour Y à six, y arriver passé midi, sauter dans un taxi jusqu'à l'Hôtel Z... Elle entre à l'*Office *comme si elle rentrait chez elle. Le patron ne la salue pas. Il la regarde comme si elle était une image, derrière une vitre, dans une télé. Puis il lui tend la clé. Je suis derrière elle. Dans son ombre : son ombre blonde, décolorée. Je demande une chambre, moi aussi. Une chambre avec douche. Elle ne m'entend pas. Ne me voit pas quand elle ressort : le monde existe à peine sous ses lunettes fumées. Une ombre d'ombre, une brume. On est sur la lune, pas sur la terre. Dans cette obscurité. Ce sable. Toute cette poussière. Dans cette grisaille. Dans ce désert, où tout ce qu'on voit n'est rien... qu'halluciné... Le type me demande si c'est pour longtemps : une nuit, je lui dis, une nuit ou peut-être plus, peut-être moins. Il me donne le motel voisin du sien. D'Eve B., qui a signé Bonny. Le 220. C'est laid, c'est sale, c'est le* Splendid. *Je m'allonge sur le lit, si c'est un lit, pas une banquette ou une planche sur un sommier, et puis j'attends que les ressorts se taisent. J'écoute. Je mets le monde sur écoute. Mais surtout elle. Et ses pensées. Tout ce bruit qu'elles font. Toute cette rumeur qu'elles laissent derrière, comme un parfum de mauvais goût. On n'a pas besoin de tendre l'oreille, toute sa personne est naturellement tendue vers cette odeur et cette rumeur qu'une vie émet de l'autre côté du mur, qu'un corps proche dégage comme si c'était une âme, plus vraie que sa chair, cette chair qui sonne faux... J'écoute avec ce drôle de stéthoscope : mon pouls qui bat dans mes tympans. Tout se voit, tout s'entend, comme dans un rêve. Le son de la douche qui coule pendant des heures, des heures... derrière ce mur dont on aimerait qu'il ait des yeux, aussi, des doigts et des mains pour voir et pour toucher ce qui se cache dans ce bruit d'eau qui efface tout. Le mur l'épie, et me dit tout, me le répète comme un écho. Je sais tout d'elle. Qu'elle n'arrive pas à se*

81

décrasser : toute cette poussière et toute cette sueur, ça colle à la peau comme un autre soi-même qu'on va devoir traîner... Traîner encore. Encore longtemps ?... Je sors. Je reviendrai plus tard. C'est ce qu'on se dit quand on ne sait plus ce qu'il faut faire : on remet tout. À demain matin. Ou à ce soir. Aux calendes grecques... Je marche le long de la route en me for-çant à ne plus penser qu'à la rencontre de l'asphalte et de mon soulier, le goudron de la semelle contre le goudron de la route, une petite succion, c'est tout. Le lien d'un homme avec la terre, les pieds au sol, la tête tout près, non pas ailleurs comme quand on marche sans but, mais là, dans les talons, sous la plante des pieds, toute sa tête comme un pas qu'on fait pour aller plus loin et que ça n'avance à rien... Alors on revient.

La salle est pleine, déjà. Et la musique, une sorte de country-rock, l'emplit jusqu'au plafond : on ne sait plus où se mettre. Dans le coin gauche, là, où il reste une table. Comme une fille laide, trop petite, trop maigre, dont personne ne veut. Une table bancale, où la serveuse dépose une bière près de mon billet, qu'elle prend d'un geste brusque, sans me rendre la monnaie. J'attends... Chaque fille qui monte sur scène est un mauvais quart d'heure, long à passer. Chacun de ses gestes, de ses mouvements, une minute qui s'étire, s'allonge, et s'éternise, jusqu'à ce qu'Eve B., qu'on voit passer de temps en temps entre les chapeaux de cow-boy, frôler les tables et se faufiler comme un reptile entre les doigts sales, sur quoi elle laisse un peu d'elle-même, une de ces peaux qui tombent dans cette mue sans fin où elle se déhanche, recule et puis avance, tout près, à portée de voix, à portée de mains, sans qu'on ose l'appeler ou lui faire signe, jusqu'à ce qu'Eve B. ou bien Bonny, comme la surnomme le microphone qui annonce son numéro, monte aux tréteaux et se mette à bouger : un petit crotale en satin noir, dont l'âme n'arrête pas de sonner, comme si chacun de ses membres poussait le bouton secret d'une alarme de feu. Quelque chose brûle dans le regard, avant de se consumer dans les orbites de vos deux yeux. Une combustion du cœur, qui gagne les membres, la tête, la vue, qui n'y voit que du feu, pris dans ce corps, et dans ce visage, qu'on n'a pas vus depuis des siècles, tout ce bois mort qui reprend vie dans un incendie qui a tout l'air d'un autodafé : l'oubli oublié, toute la mémoire revenue... Mais on est seul, seul à aimer. Tout le monde se met à siffler, huer, hurler. Personne ne comprend que cette femme ne danse pas : elle sauve sa vie. La mienne aussi.

 Trois heures et demie. Il n'y a plus de monde. Les hommes qui restent ne sont plus des hommes. Seules les filles restent des filles, rien que des filles. Eve B. s'approche. Cet homme au fond, ces deux yeux ronds, fixés sur elle, cloués, vissés, elle veut savoir qui c'est, s'il voudrait bien la faire danser, une dernière fois, avant qu'elle parte, aille se coucher, aille se shooter, ce soir, c'est pas sa soirée, cent dollars à peine, une soirée de merde, avec ces bœufs à tête d'hommes, ces hommes à tête de bœufs, et celui-là, là-bas, avec sa belle tête d'âne qui ne dit pas un mot, qui n'ouvre pas la bouche, mais les yeux, les yeux comme des orbites vidées, rougies au feu, tellement on lui a saigné la vue... Elle traîne au bout du bras son tabouret, le met devant moi, puis monte dessus : alors... tu veux qu'on te les rince, tes yeux de mulet ? *Je ne réponds pas, lui tends le billet, qu'elle glisse dans sa culotte. Ça dure des heures, mais ça ne dure pas : elle n'en finit pas de danser et c'est tout de suite fini. Je tends un autre billet. Elle dit attends, je reviens. J'attends. Le temps d'une chanson. Le temps d'une vie.*

 Elle revient avec un chapeau et des bottes de cow-boy, une ceinture et un étui à fusil sur les hanches. Dessous : rien. Elle se met à danser, rouler des reins... Caresse le flingue dans son fourreau : ça lui fait une drôle de chose entre les jambes. Elle le dégaine, minutieusement. Et je ne sais pas pourquoi je pense à deux doigts qui vous enfilent un préservatif avec l'air de faire tout autre chose : un peu de cuisine, un peu de ménage, une opération chirurgicale... Elle pointe le flingue sur son sexe et le remonte contre son ventre jusqu'à ses seins, qu'elle fait semblant de viser, touche chaque mamelon avec le canon, puis le porte à ses lèvres, qu'elle force, pénètre, avec la bouche du revolver, qu'elle s'enfonce net jusqu'à la crosse, me fixant du fond des larmes qui lui viennent aux yeux, les joues creusées par ce baiser forcé qu'elle donne au métal froid, glacé, puis elle dégaine une nouvelle fois... J'ai à peine le temps de tendre le bras entre le pistolet et ma pauvre tête d'âne qu'elle vise à bout portant... La balle est dans mon coude, déjà, qui se met à pisser, pisser sur elle. Ça saigne, ça saigne. Autant qu'une gorge tranchée. Un œil énucléé. Une mémoire émasculée. Ça saigne comme un homme qui a le bras foutu, et toute sa vie peut-être, parce qu'une fille de rien du tout l'a reconnu... Une fille qui est tout pour lui. Et qui s'enfuit. Pendant qu'il perd connaissance. Perd tout son sang. Qu'il se retrouve au lit, deux ou trois heures plus tard. Un pansement autour du bras, et le patron qui crie qu'il faut classer l'affaire, vous comprenez ? ce n'est rien, ce n'est rien, la fille est folle, elle est partie, prenez ça, voilà, voilà, deux cents dollars qu'il me glisse dans la poche, allez, allez, demain vous aurez tout oublié, le docteur vous l'a retirée, la balle, et votre bras, votre pauvre bras mort, il va bientôt remarcher, comme neuf, vous allez voir, un vrai bras neuf, tout comme avant, un mauvais souvenir à effacer, un mauvais rêve seulement, qu'on ne peut pas raconter, parce qu'on ne se souvient jamais de ses rêves, des rêves de sa vie, les plus beaux, les plus laids, la vie elle-même est un vrai cauchemar, déjà, dont on se souvient à peine quand on va crever. L.

Des couches et des couches de réel s'accumulent sur la réalité. Et c'est Chester qui les donne : une couche de blanc, une couche de noir sur ce grand mur où on ne cesse pas de buter. Et tout s'écaille. Au fur et à mesure. Tout se fissure. On est dans une tête repeinte à neuf, où par endroits de vieux enduits refont surface, des laques anciennes, des papiers peints, d'antiques crépis, des couches de mémoire vive qui reparaissent par plaques sous les vernis les plus récents, que la pensée décape : elle cherche la toute première que les autres cachent, masquent, comme on bouche les trous avec du plâtre frais quand on quitte un lieu où on a planté des clous, posé ses cadres, rangé ses souvenirs sur les cloisons de sa chambre à coucher, de sa salle à manger, de son salon double avec foyer... On gratte, on gratte. C'est toujours la même peau neuve qu'on refait après chaque coup dur, qui reparaît, qui transparaît, opaque comme un oubli, épaisse comme un coma. Une vieille patine, que l'on ravale. Des couches d'anesthésie qui vous endorment la tête parmi vos rêves les plus tenaces. Des strates d'indices, comme en laissent les vieilles peuplades autour d'un foyer qu'on vient à peine de déterrer. On les passe toutes, une à une, au carbone 14 de sa pauvre mémoire, qui confond tout, l'âge de pierre avec l'âge de bronze, l'âge d'Eve avec l'âge de Head, les couches de temps couvrant les lieux d'une même poussière, où tout s'emmêle, les coups de pinceau et les coups de rouleau, les coups de foudre et les coups de feu, qui laissent des traces sur les murs frais peints, les cœurs tout juste replâtrés, leurs joints tirés.

85

Des couches de couches. Et on ne sait plus à laquelle se fier : tous les souvenirs sont des alibis, ou bien des pièces à conviction. Tous les remords : des circonstances atténuantes. Tous les regrets : des preuves accablantes. On fouille sa tête, bien plus que les tiroirs et les classeurs, les placards ou les matelas. On est à soi son débarras, sa chambre à coucher où traînent sous le lit tous les cadavres de sa vie passée. Ses père et mère, sa femme et sa maîtresse, ses meilleurs amis. Eva, Adam, E. B., B. B., R. M. Tous ces noms-là comme des cartes à jouer, sur lesquelles on n'arrête pas de bluffer : on passe un as, c'est un deux de pique, on passe du cœur, c'est du carreau. Des pièces de trop, qu'il faut manger, sur l'échiquier de son passé. Tous ces faux-jetons, de chair et d'os, qu'on jette sur le tapis, où rien ne va plus, et bien avant qu'on fasse son jeu. On perd. Tout de suite. Des sommes astronomiques : son lot de souvenirs, le trésor de ses rêves, toute sa fortune, les petites économies de son enfance dilapidées. Nos propres pensées ne nous appartiennent plus, toutes jouées à la loterie : cette vie vécue au hasard des rues, des bars, des rencontres les plus risquées, auprès d'Eve B., de MacFarlane, de McIntyre, dans ce flipper qui secoue tout, la terre entière sous nos deux pieds, dans cette histoire où toutes les boules se mettent à cogner, des balles tirées dans tous les sens, dans le non-sens aussi, touchant à tout sans rien viser.

C'est ça que je fais, moi : je tire partout. Sans ajuster mon tir, sans rien viser de précis. Je ne sais plus où j'en suis. Ou le sais trop et ne veux pas le savoir. Comme Head, qui se cache de sa tête. Parce que c'est ça qui se passe : ce n'est pas la mémoire qui lui manque, non, ça on le voit bien. Noir sur blanc. C'est lui, lui tout entier, Chester Head ou Lester Read, qui manque à sa mémoire. C'est lui, qu'*elle perd*, bien plus qu'il ne l'a perdue. Toute sa mémoire est là, juste derrière lui : cette ombre qui le poursuit quand il croit qu'elle le fuit dans la personne de cette fille qui lui jette son linge à la figure, son soutien-gorge, sa petite culotte, pour l'aveugler, lui recouvrir tout son passé avec le voile des sentiments les plus obscurs, l'aile coupée court d'un ange qui passe dans sa vie d'homme comme un silence de plomb dans une histoire de bruits et de fureurs... Comprenez-vous ? Chester ne veut pas voir la vérité en face. Cette nudité, oui, comme un coup de feu qui l'éclabousse.

J'ai vu le film. *Dirty Eve.* Signé Lester Read. Tourné par MacFarlane, qui l'a aussi produit. Eve B. n'apparaît pas au générique. Elle n'apparaît nulle part, ni son nom ni sa tête ni son corps : *nulle part...* Mais Blandice B., oui. C'est elle qui a le premier rôle. La sœur, la Salomé. C'est un film *gore*, à faire vomir. Mais j'ai compris une chose : c'est la tête d'Eve que ce film coupe, pour y mettre à la place celle de Blandice... Eve s'est vengée : la petite Berger y aura goûté... Les morceaux tombent, peu à peu, les uns à côté des autres. Toutes ces têtes sur le plancher. Qui s'attirent comme des aimants... Le casse-tête s'achève. On va voir l'image, bientôt, l'écran géant, immense comme une vie d'homme sortie tout armée de l'objectif d'une caméra, de la lentille d'un projecteur, pas plus grand qu'on trou de serrure par où la lumière pénètre dans une chambre obscure où il y a Eve, toujours, étendue nue sur le plancher. Le dernier plan de cette histoire est en contre-plongée. Du point de vue d'Eve, à ras de terre, parce qu'on ne peut rien voir de haut ni de loin, maintenant, du point de vue de Dieu ou de qui que ce soit qui se prenne pour lui ou n'importe qui. Il faut descendre. Aller plus bas. Creuser. En venir là. À ras.

Rien n'est n'importe quoi, ici. Tout est de la plus haute nécessité. Qui se passe de Dieu. De la destinée. Tout est laissé au hasard : l'Histoire aux yeux bandés. Recommençons. Il faudrait tout récapituler. Toutes les histoires sont des genèses, où l'on cherche qui, d'Ève ou d'Adam, est responsable du crime crapuleux qui l'a enclenché, ce récit de vie qui n'en finit plus, la fin du monde recommencée. Qui le premier a ouvert la porte du Paradis sur cette horreur sans nom qu'on appelle la vie ? Qui a mangé la vérité ? Croqué dedans ? Comme on mord dans sa propre chair. Boit son sang à même la pulpe et la pelure qui cèdent sous la dent dure... Je tente une hypothèse, une toute dernière : on a croqué le cœur de Dieu, qui perd son jus, son suc entre nos lèvres. On avale tout, sans déglutir. Et ça vous tord le ventre, après. Tord les boyaux. Dans des engrossements, dans des enfantements. Et ça vous vide la tête. Pompe le cerveau. Dans des amnésies, des épilepsies. Qu'on appelle vies, aussi, comme si de rien n'était, comme si la mort ne s'y était pas mise depuis toujours, comme le ver dans le fruit, n'y avait tissé son nid avec nos veines et nos artères, avec nos nerfs à vif, qui nous étranglent l'âme dès qu'elle se met à respirer.

C'est une étrange hérédité, l'histoire de l'homme. Il descend de bien plus loin que Dieu. Du néant même, où il revient se jeter, parfois, comme dans les bras d'un autre, les bras chargés d'une femme, par exemple... Il veut retrouver cette côte qu'il a perdue. Qu'on lui a extirpée en oubliant de lui arracher les yeux : ces petits os mous reliés par l'intérieur à cette vertèbre qu'on lui a ôtée, qui lui libère le cœur, le cœur qui bat, exposé là, à l'air et à la vie, à cet amour puis à la mort, ce courant d'air qui cause à l'âme cet éternel refroidissement – le mal, le réel, l'histoire, qui sont une seule et même chose, l'homme en personne et puis rien d'autre. Head dit : l'âme, le mal, un seul et même mot, écrit dans l'ordre puis dans le désordre. Eve a récrit la vie de Head, mais dans le désordre le plus absolu, comme un anagramme de sa propre vie à elle, cette vie jumelle sortie toute de ce qui manque à Chester Head, qu'on

88

peut voir de près dans cette plaie ouverte au côté droit, de la grosseur d'une vertèbre. Eve Beverly : une côte cassée, un petit bout d'os avec de la chair autour, sur quoi on a soufflé, et qui a gonflé comme une poupée, posée là devant l'homme et ses deux yeux qui sont deux pommes mûres sur le point de tomber. La côte devient une main qui les ramasse, une bouche qui les porte à ses lèvres. La côte est un canon de revolver qu'on pointe à hauteur du cœur, ou sur une tempe, pour être plus proche de la mémoire, qu'on vise en premier, avant la vie, la vie elle-même et tout ce qui bat en elle, moins fort que dans son passé, dans une histoire toute faite... Et on ne voit pas que c'est un os, seulement, cette chose qui se met en travers de votre vie, juchée sur son tabouret, et qui vous jette à la figure vos quatre vérités : son slip, son soutien-gorge, les billets que vous lui avez donnés, qu'elle déchiquette, comme chacune de vos lettres, les mots les plus crus que vous aurez entendus, et votre nom parmi ceux-là, et les injures et les blasphèmes, toutes les balles de son chargeur, qui vous rentrent dans le corps puis dans la tête, dans la mémoire, que vous retrouvez d'un coup dans votre bras droit qui vous élance, qui vous fait mal comme lorsqu'on vous a retiré cette vertèbre et vous l'a placée entre les mains, arme légère du crime parfait que toute votre vie vous ne cesserez pas de commettre contre vous-même... Et voilà que j'ai mal au bras, *H > Nau.* moi aussi, à force d'écrire ces inepties, tout engourdi par ces pensées qui me traversent la tête comme une cartouche. L'effet est immédiat : une paralysie de l'esprit, une amnésie du corps entier, une paraplégie de l'âme et tout ce qui s'ensuit... Arrêtez-moi. Demandez-moi de m'arrêter. D'aller boire un café, fumer une cigarette, prendre un verre d'eau avec un cachet. D'aller pisser. De tout remettre à demain matin.

Je m'éloigne de mon sujet. Et Head de son histoire. Toute derrière lui : un mur. Ou une clôture. Sur quoi il s'appuie pour s'élancer dans tous les sens, sans distinction. Et moi je le suis, me perds avec lui... L'histoire d'un homme, ce n'est jamais qu'une digression. Que des incises, des apartés. Une vie entre parenthèses, rien d'autre. Des subordonnées, sans principale. Des phrases trop longues, qu'il faut remonter par le dernier mot. Comme les saumons qui sautent contre les digues, affrontent les cataractes, les chutes et les barrages, à contresens du temps : ils donnent un peu de leur vie à chaque poussée vers cette source d'eau pure où ils mourront parmi leurs œufs, où éclatera une autre vie, la vérité, l'origine et la fin dans le même caviar, le même caviardage d'une existence sans consistance, un même maigre ru qui va se perdre dans l'océan... Comme tout se perd dans la mémoire. Où Chester Head se noie. Et nous entraîne avec lui, quand on lui tend le bras comme une bouée et qu'il l'attrape comme un appât, mord dedans, l'hameçon en travers de la gueule, et nous emporte dans le sang qu'il perd, les ouïes ouvertes prenant l'eau de partout et la mort avec, à plein goulot.

La vie de Head ? Une course contre la montre qu'il a lui-même placée dans cette bombe à retardement qu'il a dans la tête en lieu et place de sa mémoire... qui va sauter, avant qu'il n'éclate lui-même... en autant de personnes qu'il y en a en Dieu, en Diable, en dieu sait qui dont le nom paraît aussi interchangeable que l'homme avec l'homme et Lester R. avec Chester H. L'histoire de Head, c'est l'histoire de chacun quand elle est poussée à bout. Dans ses derniers retranchements. Là-bas. D'où on ne revient jamais. Ou fou. C'est là que je le suivrai, poussant le sens de ce récit jusqu'à son bord. Où il se perd. En porte-à-faux sur le non-sens, dans quoi il mord. Comme une roue dans le vide. Un chapelet qui égrène le vent.

Je le vois errer, Head, roulant dans sa voiture, le bras en écharpe, le cœur aussi, d'Albuquerque jusqu'à Cheyenne, de là jusqu'à Des Moines, avec des pointes à Wichita, Kansas City, Fayetteville, je ne sais plus où, radio à fond, pédale au fond, le fond du cœur qui lui remonte entre les dents, les lèvres, il parle tout seul, chante à tue-tête, crie, geint, pleure, ça fait un bruit d'enfer : *putain, putain, pourquoi tout ça, pourquoi elle, pourquoi moi ? !* Il ne s'arrête jamais. Que pour pisser, prendre un café. Puis il repart. Et un beau jour, une nuit en fait, vers deux heures du matin, il s'est arrêté, on dirait pour toujours, pour l'éternité, et m'a téléphoné : *Écoute. Je ne peux pas te parler...* On dirait qu'il parle dans un mouchoir, pour ne pas qu'on reconnaisse sa voix : une voix étouffée, une voix qui ne peut pas parler... *Eve et moi, on est pareils. Tout ce qu'elle fait, je le fais et je le refais. On est du même mensonge. Du même secret. C'est moi qui lui tiens le bras quand elle tire sur moi. Moi qui retiens entre mes mains la tête de Blandice B. quand elle lui tranche la gorge avec mon rasoir. Moi qui coupe avec elle dans la chair de McIntyre, de MacFarlane, comme on coupe et colle au montage les scènes les plus sordides de sa propre vie : le collage ne tient plus, maintenant, faute d'une mémoire qui en assemble les pièces dans la même glu... Moi, moi aussi qui tiens la main d'Eve quand elle retire ses yeux à Eva Wright, sa langue à Adam Read, comme elle retire son soutien-gorge et sa petite culotte devant les hommes comme moi aux pieds de qui l'auront jetée les Wright, les Read, les MacFarlane, les McIntyre, en l'y retenant par le collet avec*

92

mes propres mains à moi, mes propres doigts qui lui caressent
les cheveux et lui serrent la nuque au sang. Moi qui... Il a
raccroché.

Rends-toi, Head. Rends-toi, c'est ce que je lui dis. Trop tard.
Toujours trop tard. Et elle, donne-la. Avant qu'elle ne t'ait eu.
Donne-nous cette fille. Rendez-vous, vite. Rends-toi tout de
suite. Mais où, à qui, à quoi ? Il est déjà rendu, Head. Rendu à
bout, depuis longtemps. Rendu à tout : à Eve, à moi, à faire
n'importe quoi qui lui permette d'être arrivé, enfin, où on ne
va pas plus loin. On bute à ça : la fin. On la contemple, la fixe,
jusqu'à épuisement du temps. Puis on raccroche. Ou on dé-
croche : du monde entier. Toute communication coupée. Je me
souviens de ce qu'il disait, pensait : ... *Dieu a à peine com-*
mencé qu'il veut en finir. La Chute tout de suite, dès la Genèse.
Au tout début. C'est son fiat lux *: que l'homme se damne, une*
fois pour toutes, le mal au ventre et à la tête, tout le temps, le
mal qui le tiraille, femme en travail, homme au travail, enfants
qui pendent à des mamelles, enfants qui pendent à des testi-
cules, toute une genèse d'êtres mortels, qui s'enfilent à la même
brochette, la lame que Caïn plonge dans le dos tourné d'Abel,
lui forant le ventre par le dedans, afin qu'il donne à Dieu son
propre sang, l'enfant de son sang sacrifié goutte par goutte
qu'il mêle au sang de ses agneaux. L'histoire, c'est ça : ce
goutte à goutte. Le flot de l'histoire ? le sang versé d'Abel, le
sang qui coule dans la violence, la violence gratuite, tournée
vers ceux qu'on aime, dont une seule goutte tombe sur nos têtes
à chaque demi-siècle, une goutte qui a le poids des larmes que
les victimes qu'on fait répandent sur le coupable qu'on sera,
pour nous en laver le corps dont l'âme est la dernière tache,
ineffaçable, cette souillure, cette bavure, l'humanité.

Ou encore : ... *Dieu a besoin d'un coupable pour commencer*
l'histoire de l'homme. Il faut une origine à cette faute qu'on

est. Une cause ou un motif. Une explication. On la cherche toute sa vie. Puis la trouve dans chaque nouveau crime que l'on commet. Où on l'expie, cette chose, l'expie en partie : le reste demande un autre crime, encore, où du sang neuf lave le vieux sang qui sèche sur nos doigts gourds. La vie d'un homme est impardonnable : chacun de nos actes entraîne une peine qu'on ne peut pas purger, faute de temps, faute d'un corps, d'une âme, pas assez grands ni assez forts pour la souffrir et la subir complètement, en pâtir à fond, jusqu'à la rémission ... L'homme se condamne dans chacun de ses gestes et chacune de ses paroles à l'homme en lui qui le tourmente et le torture, en souvenir de son premier crime, celui d'être né, d'être venu au monde comme une tache au sol laissée à vie par la goutte de sang qu'on n'a pu retenir, avec ses larmes, ses cris, en arrachant de son propre corps le corps complet d'une femme, comme on arrache de ses gonds la porte du Paradis, par où on est chassé pour tous les crimes qu'on aura commis, pour tous les ventres qu'on aura ouverts le long d'une vie, fouillant dedans à la recherche d'un nouvel Éden, d'un nouveau lit, où reposer en paix, oui, s'arrachant à cette vie comme on arrache la vie aux autres avec la lame qui nous y relie, où brille le reflet vif de leur dos nu, courbé sous la blessure, fragile, honteux, comme le bras qu'on tend pour le relever avec son couteau...

Head ne dira plus rien, maintenant. Je le sais. Il n'a pas perdu que la mémoire, dans cette deuxième balle qui s'est logée en lui. Mais son passé, aussi. Qui est toute sa vie. Toute son Histoire. À lui tout seul, rien que pour lui. Il a perdu Eve. Éventer son secret, tuer tout mystère. Les mystères douloureux, qui font mal au cœur. Il est sorti de son Paradis : l'Oubli. Il referme derrière lui la porte vitrée du dernier téléphone public où sa parole s'est arrêtée, au bout de la route, et le silence a commencé, près d'Omaha, Nebraska, dans la poussière d'une station-service abandonnée depuis des années, la même pous-sière qu'Eve B. avale quand elle sort de l'Eden Bar avec son sac en bandoulière, qui ne pèse pas lourd, une petite culotte et un bustier, un revolver, un paquet de lettres signées L. R..., le poids d'une âme quand la tête et le corps, après une nuit de travail, se sentent à nouveau légers, ailés, libres d'aller où bon leur semble, sur la grand-route, là, dont on ne verra jamais le bout, juste devant soi, dans son nuage de sable clair.

Je ne vais plus au Harry's Snack Bar : les toast sont froides, le café infect. L'odeur insupportable. Je déjeune au poste, dans mon bureau. La photo d'Eve, et celle de Head, parmi mes papiers. Je les regarde de temps à autre, comme on consulte un vieux dossier. Une drôle d'affaire, impossible à classer. Une affaire de cœur, dont le récit heure par heure brosse devant nous l'histoire d'une âme, en fait, une vraie passion : un polar biblique, cette fable sans queue ni tête. Une genèse, qui ne crée rien. Une apocalypse qui détruit tout. Avec ces anges, partout, qui jouent de la trompe ou de la trompette, pour les levers de rideau, et les tombées brusques, sur la même scène et dans le même théâtre. On naît du désir de mort qui nous habite dès la naissance et se réalise petit à petit le long d'une vie qu'il jonche de corps qu'on a connus, aimés, laissé tomber pour d'autres, bientôt haïs, au point de les éliminer de sa propre mémoire, de l'Histoire de l'Homme et de ses lubies. Une extermination, la vie, la vie ordinaire. Une telle extrémité qu'on n'est pas sûr qu'on puisse un jour en toucher la limite, en faire le tour et tout boucler.

Pas d'histoire sans coupables. Head l'a dit, et répété : pas d'homme sans ce couteau qui prolonge sa main, son cœur, sa tête et son âme, qu'il plonge au cœur et à l'âme de son sem- blable, comme pour s'unir à lui, victime et coupable soudés ensemble par la même lame, dont l'éclat seul éclaire le fond obscur d'où chacun tire son humanité, le trou ensanglanté par où le corps se libère de soi, s'allège de son poids de sang, de

97

cette vie en trop qui fait que tout homme est mortel, la femme encore plus... Eve B., petite mortelle parmi les mortelles, que je protégerai contre son propre bras avec lequel elle fouille en elle l'image de haine que j'y ai laissée – voilà ce qu'il dirait, Chester. S'il le pouvait. Et puis encore : l'histoire, la mienne, la vôtre, celle de tout homme, c'est ce couteau que le bras d'Abraham tient au-dessus de la tête penchée d'Isaac, qu'une invisible main retient, un temps, un peu de temps encore, le temps que tremble de tous ses membres le corps prostré du fils... qu'il s'évanouisse. L'histoire, c'est cet évanouissement, au ralenti. Dont seul l'amour inexplicable, comme le crime irrésolu, pourrait un jour nous réveiller, mais dans un rêve, dit Head, qu'on ne prendra plus pour la réalité, comme la victime pour le coupable, qui appartiennent tous deux au même cauchemar mais ne se touchent jamais que par le fil qui coupe leur histoire en deux, en deux vies d'homme ou de femme qui ne se recoupent nulle part, sinon après, longtemps après, l'histoire finie, leur vie achevée.

Je me mets souvent à la place de Head, ces derniers temps. Et je rêve d'elle, Eve Beverly. Tous les lieux minables qu'elle a traversés, je les vois là : dans cette chambre sordide que son corps barre d'un grand trait rose avec un trou rouge au côté gauche, un point final à hauteur du cœur qu'elle porte bas, dans l'estomac, le revolver au bout des doigts, qui pend, la nudité qui luit dans une dernière danse qu'elle exécute couchée, ef-feuillée toute pour un dernier regard qu'on lui jette comme un linceul sur ses épaules osseuses, sa chair toute froide qui com-mence à bleuir, enveloppant son âme frissonnante dans ce drap blanc du regard ultime, comme on ramasse dans son mouchoir pour ne pas y laisser de traces l'arme du crime qui gît toute seule parmi les larmes, l'arme fatale, la vraie, l'unique, que la victime porte dans son sein, qu'il faut fouiller du regard pour l'y débusquer, extraite d'entre ses côtes et posée là parmi les pièces à conviction, un bustier de cuir, une petite culotte, un paquet de lettres signées L. R.

J'ai détruit le dossier : ces photos de têtes sans corps, de corps sans tête, d'hommes sans âme, de femmes sans cœur, d'êtres sans mémoire, sans raisons d'être, d'humanité sans vie, maintenant sans histoire, sans un regard, qu'on pourrait leur jeter encore, sans un souvenir, qu'on pourrait en garder. Il faut oublier : il n'y a plus rien ni personne qui puisse payer pour cela. Le monde entier a été puni, déjà, pour tous les meurtres que quelques-uns parmi les hommes et leur double auront commis, tous les crimes qu'ils ont perpétrés, contre leur propre humanité. Je n'ai gardé que ça : ces deux photos, d'Eve B., de Chester H., chacune dans son cadre, qui ne se regardent pas, ne se font plus face, ne font plus face à rien. Qu'à ça : rien. Ce grand vide où ils nous laissent, nous, vous et moi, qui chaque jour un peu plus perdons leur trace. Toutes les preuves s'envolent, un jour ou l'autre, qui ne nous laissent pas le choix : clore l'affaire ou condamner à vie l'humanité entière, pour tous les crimes qu'il s'y commet, par le biais des corps sans nombre qui s'y heurtent, s'y blessent, parce que le monde est trop petit, la vie trop étroite, les histoires si collées l'une à l'autre qu'on se rentre dedans et se pénètre mutellement... Comme des balles perdues, qui se retrouvent. S'attirent dans la même blessure. Par la seule force du regard et des sourires, des bras, des mains, des âmes et des têtes, des pieds et des jambes soudés l'un à l'autre ou bien dispersés parmi la foule. Où l'on disparaît. Ni vu ni connu. Comme Eve B., qui traîne de trottoir en trottoir où elle ne croise que des vendeuses et des acheteurs d'âmes dans un marché de corps anonymes marqués seulement d'un chiffre infâme à l'avant-bras, d'infimes trous d'aiguille qui forment le numéro chanceux de ceux et celles que le malheur élit, puis ce grand trou noir qui s'élargit entre les côtes dès qu'on a mis le doigt dessus, le doigt ou bien le canon d'un revolver qu'on a tiré de ses jupes. Comme Head, qui roule de ville en ville dans sa voiture toute cabossée, cherchant sur les trottoirs des quartiers mal famés un visage qui réponde à la question difficile que son regard absent pose devant lui avec insistance comme s'il pouvait en sortir une forme à voir dans la nuit noire qui soit autre chose que ces fantômes d'un soir qu'il couche sur la banquette arrière de sa Pontiac comme un cadavre dans la valise pour le jeter à la mer de ses vieux rêves puis le repêcher pour l'autopsier et voir dedans si le cœur qu'il en extrait est bien celui qu'il cherche depuis toujours, en forme d'image photographique qu'il garde jour et nuit dans sa poche revolver contre ses battements de cœur qui accélèrent, prennent de la vitesse et puis s'emballent, avec la Pontiac toute déglinguée qu'il n'arrive plus à maintenir droit et qui dérape, saute le remblai, gagne le fossé, vous laissant seul sur le bas-côté, à contempler tout ce gâchis, cette vie ratée, et ce dernier virage, raté aussi, pare-brise en miettes, phares éclatés, bouillie de tôle morte parmi la chair plus morte encore qui semble vivre, pourtant, exister loin, ailleurs, dans cette histoire de Chester Head qui n'a pas de fin...

J'ai reçu ça, ce matin même : une liasse de lettres enveloppées avec un revolver chargé à bloc dans une culotte de femme et un soutien-gorge, sans mot, sans adresse, le cachet de la poste indiquant Albuquerque West, Nouveau-Mexique. Chester n'aura pas dit son dernier mot, poussé son dernier souffle, qu'on sent dans le cou : glacé. On l'entend respirer, on sent ses doigts sur le papier, son pouls, chacune de ses pensées. J'ouvre au hasard : *... ce que j'ai fait, je ne l'ai pas voulu. Mais je l'ai fait et le referais. Ce que j'écris, je ne le veux pas, mais je l'écrirai. Sans faute. Sans m'arrêter. Je ne veux jamais ce que je fais, ni ce que j'écris. Mais toi, toi seule, je te veux comme je n'ai* *jamais rien voulu. Tu es la seule chose que je veuille pour vrai. La seule chose que je n'ai jamais faite et ne ferai jamais : t'aimer vraiment, te prendre, pas comme une sœur, pas comme une pute, pas comme un ange, pas comme une ombre, mais comme personne avant toi n'aura été prise à ce point-là, aimée autant, c'est ça, tout ça, rien que ça... que je veux et voudrai à vie : la vérité, la vérité vraie qui nous échappe dès qu'on met la main sur la tête de qui on aime pour jurer devant Dieu qu'on la dira toute, rien qu'elle, et pour toujours, la vérité, cette vérité triste comme un amour qui va finir par nous trahir... et ce sera bien fait, bien fait pour soi, bien fait pour nous...*

L'histoire d'Eve, l'histoire de Head, toutes les histoires qui s'y rapportent, c'est l'Œuvre complète de l'Homme écrite par un seul homme, qui aura tout perdu. Et tous ses droits à l'humanité. Perdu la mémoire, comme une deuxième virginité. Du sang lui vient aux yeux, aux mains, quand il y pense pour oublier, chasser ses rêves. Perdre la tête, le corps entier. Voilà ce qu'on peut dire, après Chester qui aura tout dit. Il a écrit avec le sang mêlé de ses victimes une théorie du crime dont l'hypothèse la plus forte est que chaque meurtre est un sacrifice : Abel est dans chaque corps qui gît l'agneau de Dieu que son frère immole à Dieu lui-même. Qui en veut plus, toujours : non pas ce blé, ces pommes de terre et ces navets que l'on cultive à la sueur de son front, non pas le mouton qu'on élève pendant des mois comme un bûcher de chair fraîche qu'on allumera avec des prières, des paroles de feu comme celles que les pécheurs adressent à Dieu dans une flambée pour se chauffer, puis s'éclairer, non, mais la peau vivante de sa propre sœur, de son propre frère, la tête sur le billot de son pauvre corps penché comme un orant sous le couteau sacrificateur, la chair qui saigne dans des gestes et des soupirs obscènes qui se détachent d'elle pour la dénuder toujours davantage sur une scène que des regards entourent comme autant de flammes qui nous éclairent le fond de l'enfer, le corps inerte de la dernière victime sur laquelle se penche le détective pour en extraire tous les indices, toutes les empreintes, qui montrent à Dieu lui-même qu'on a porté la main sur cette bouche tordue pour la faire taire, une autre main sur ces yeux sombres enfouis dans leurs orbites pour les aveugler, et qu'on a pointé un sexe d'homme entre ces reins pour les forcer, forcer l'âme à se rendre, tout de suite, entre des bras qui n'embrassent pas, qui n'étreignent rien, qu'un pauvre corps de femme en proie aux pires terreurs, gisant dans son sang, dormant dans le lit de son sang où on la borde, comme une âme sœur, une âme enfant, offerte à Dieu, au regard de Dieu, à qui la veut, à qui la prend, au plus offrant. Car on ne prend pas la vie de quelqu'un sans du même coup l'offrir au monde entier, la lui donner. On ne donne la mort à personne sans que l'humanité tout entière soit prête à la recevoir de ses propres mains, à la déposer parmi ses morts à elle où celle qu'on donne n'est qu'*une* de plus, qu'elle compte dans l'hécatombe, dénombre parmi les restes : une vie en moins ajoutée là, aux vies en moins qui meublent le temps, encombrent l'éternité.

Je ne cesse de compulser ses lettres, à Head. Toutes ces lettres l'une après l'autre qui se répètent : *... je ne peux jamais te prendre assez : il faut que je te donne pour mieux te reprendre après. Usée. Usagée. Fille d'occasion, de seconde main. Dans cette usure de tout ton corps, et de ton âme, dedans, qui remonte dessus, patine ta chair, tes muscles fins, toute ta maigreur, une couche de temps sur ta peau nue, une couche de mémoire aussi transparente que ta vie dans la mienne, une ombre claire que les mains des autres dessinent dans cette lumière trop forte... Ta présence nue m'aveugle, quand leurs doigts sales te donnent la consistance d'un morceau de nuit, d'un bout d'absence où je te reconnais, aussi inexistante que je peux l'être, aussi peu probable, aussi peu crédible que je ne le serai jamais ... Il faut que je te trompe comme je trompe tout le monde : je suis un mensonge généralisé, jamais démenti, jamais confronté avec la réalité. Il faut que je te trahisse comme j'ai été trahi par ma propre conscience, qui m'a lâché : je ne* *sais plus qui je suis, je ne sais plus qui tu es, que tu es à moi comme à personne, que je suis à toi comme ta main droite, comme ta mémoire, comme ce sentiment intime qui te traverse de part en part, cette impression que la vie t'échappe par tous tes pores, mais que quelque chose reste, au fond, qui ressemble à de la mort de plus en plus. Ça s'appelle toi, toi ou moi, car c'est une seule et même chose, la même absence de chose pour l'éternité... Et il insiste, il exagère : je te trompe comme je me trompe. C'est pour qu'on soit à égalité. Que tu sois aussi haineuse face à moi-même que je ne le serai jamais. Qu'on partage ça : la même haine. Pour tout ce que j'incarne : la trahison, la traîtrise. La tromperie faite homme et bien moins qu'homme. L'ignominie faite ça : ce type de rien du tout, qui t'a perdue comme il a perdu sa propre humanité, cette côte qu'on lui a ôtée, avec le cœur, dessous, et tout ce sang qui coule à son côté, cette tache originelle qui se met à suinter juste sous l'étui de son revolver, qu'il porte en bandoulière comme pour cacher cette marque... Ce qui lui reste d'humain, le simple fait d'être mortel...*

On cherche. À voir et à comprendre. Ces lettres parlent... Puis se taisent. Il y a du sens, dedans, et l'oubli de tout sens. Qui fait une couche de cendres. Sur quoi il faudrait souffler. Mais on manque de souffle. On manque de courage pour comprendre vraiment. Comme Head comprend. On tourne les pages, les feuilles, mais on ne lit pas. On n'écoute plus. On se bouche les oreilles... Là on entend. On ferme les yeux et on voit mieux : Chester est dans sa tête comme d'autres yeux qui le voient voir, une autre mémoire qui se souvient de la sienne quand il oublie. Du cinéma mental. Des prises de vue, des prises de son, des prises de sens à même le flux de ses pensées les plus confuses. Voilà ce qu'on lit, les yeux fermés, les oreilles bouchées. Et ça continue : *... Je ne peux pas te prendre juste dans ton corps, il* *faut que je te prenne dans le corps des autres, aussi. Et dans le corps de Blandice B. Si tendre et si pareil. C'est à s'y tromper : il joue ton rôle dans tous les lits, dans toutes les chambres où je suis entré comme dans une image de ta propre vie que me renvoie toute déformée la vie des autres à l'infini... Comme celle de Blandice B., si vulnérable, sa vie corvéable à volonté, qu'on plie à tout, à ton image, à ton histoire, cette existence d'être mortel dont chaque instant insiste dans les gros plans et les ralentis sur cette terrible mortalité. Je lui fais jouer ton rôle pour t'épargner... T'épargner cet amour qui t'achèverait. Je ne te trompe pas toi, mais elle, en te sauvant la vie dans cette mort lente que je lui fais en l'aimant à ta place comme jamais je n'aimerai personne : à bout, à fond, ne m'arrêtant qu'au tout dernier moment, quand il ne restera rien, plus rien que cet amour tombé en miettes, parti en fumée, comme quand on brûle en effigie le corps et la tête de l'être haï, qu'on voudrait voir se consumer, parmi les cendres et le sang répandu d'un amour qui n'existe plus alors que le tien, dans ton corps nu, lointain, ton cœur absent, restera intact pour le reste des temps...* Et dans la marge, ces mots en rouge, de la main de Head, mais d'une écriture tremblée, comme s'il avait bougé au moment où on lui a photographié sa phrase sur le papier, toute croche, hors cadre et hors foyer : *je t'aime dans tous les corps que j'ai aimés pour y trouver cette âme que tu ne pourras jamais me donner, parce que tu dis qu'elle ne t'appartient plus, qu'on te l'a enlevée, volée, et que c'est moi qui...* Le coin de la page a été rogné. Du vernis à ongles en tache les bords des deux côtés.

Dans une autre lettre, il reparle de Blandice B. : *... ton double parfait. Avec même cette imperfection que tu as, là. Cette tache de vin au creux des reins. Où elle s'est fait tatouer un cœur, elle, de la même couleur. J'y mets la main. Parfois. Souvent. Et pense à toi comme à personne. Comme on pense à Dieu.*

Comme on pense à mourir pour s'alléger de toutes ces pensées qui nous prennent la tête et nous la broient... On comprend mieux le dépit d'Eve B. Non pas seulement sa jalousie : son désespoir sans nom. Cette violence qu'il a mise en elle en la lui faisant subir chaque jour, chaque nuit, de la main des hommes où il l'a jetée, comme on jette au feu ce qu'on a aimé, pour voir s'il résistera à toutes les morts où on l'éprouve, si comme un dieu il ressuscite avec son corps et son âme tout entiers, intacts. Eve B., c'est un corps marqué, marqué à vie. Par cette mémoire qu'il lui a faite. Cette mémoire de la violence encaissée jour par jour qui se transforme dans son visage, dans son regard, puis dans ses mains, ses doigts comme des couteaux, cette tache de sang des ongles faits, au bout, en une violence encore plus grande, plus forte, inarrêtable. Il écrit en rafale : *... Je te vends pour mieux te racheter. Racheter tes crimes et tes péchés. Tout le mal que je t'ai fait, tout le mal où je te précipite... Je risque ta vie à chaque instant, qui est au monde ce que j'ai de plus cher, bien plus que ma vie à moi, qui ne me dit rien... Une vie sans vie. Et sans mystère. Quand tu es l'ombre et la lumière, l'énigme, l'intrigue de toutes les histoires possibles, qu'on ne comprend pas si on ne t'a pas connue. Je te fais connaître à tous pour qu'ils comprennent ce qu'ils sont, où ils en sont avec eux-mêmes. Où j'en suis avec toi ... Tu n'as pas de prix pour moi. Je te paierais cher, très cher. Mais je te vends pour presque rien, je te donnerais s'il le fallait, parce que tu es tout ce que j'ai et je dois tout. Toi mon seul bien. Ce n'est pas un don que j'ai reçu, ce n'est qu'un prêt, que je dois remettre, remettre tout entier entre les mains de Dieu, entre les mains des hommes qui se posent sur toi comme les doigts sales des usuriers sur de la petite monnaie qu'ils comptent compulsivement en y portant les lèvres ...*

... Je t'échange contre toi-même : tes yeux contre un regard, avec des larmes, souvent, ta bouche contre une moue, parfois un sourire, ton sein contre ce cœur qui bat dedans, dessous, ta main contre une caresse, un geste qui t'échappe quand tu dors et vis dans tes rêves, que tu esquisses en douce, sans faire ex-près, quand tu relèves une mèche de cheveux, ajuste un pli de ta jupe ou la bretelle de ton soutien-gorge, comme si tu remet-tais ton âme en place, ta vie en ordre... J'échange ton corps tout entier contre la vie que tu lui donnes en bougeant dedans comme tu roules des hanches sur une scène vide pour te dé-faire de ce bout de tissu qui te couvre encore après quoi tu resteras nue jusqu'à la fin de tes jours... Là, d'un grand trait de rouge Eve B. a fait un X sur toute la feuille. On doit lire entre les ratures. Les bavures, les pâtés. Le fard à lèvres mêlé à l'encre, les caviardages violents. Je lis ceci, moi, difficilement : *... Il faut te montrer entre les mains des hommes parce que c'est là qu'on te voit le plus : chacune de leurs caresses te dévêt de toi, exhibe ce qu'elle cache encore, ta nudité, qui t'appartient en propre, quand leurs deux mains te la prennent et te l'enlè-vent, t'écorchent. Il ne te reste rien, après. Ou ça : la vérité... Leurs mains posées sur toi et qu'ils retirent comme un linge qu'on t'ôte, déchire, qui te laisse plus nue : on voit ton cœur entre tes côtes. Cet autre sein dans ton sein nu. Qui respire par brefs à-coups. Comme on voit faire aux oiseaux blessés, la vie trop lourde pour leurs deux ailes que voler bas, trop bas comme tu le fais toi dans le lit des hommes et dans leur vie, leur a rognées et comme atrophiées ... Tu es au monde, Eve. Ton corps est au monde. Il n'est pas qu'à toi : tes reins sont aux regards qui se posent sur eux dès que tu leur tournes le dos, et qui te fouillent, te fixent, te les courbent et te les creu-sent, te les plient à leurs propres fins, leurs propres mouve-ments, comme pour en prendre possession, même de loin, dans*

la distance que d'invisibles mains franchissent, qui marquent leur territoire, dans la violence, bouchent les issues, que tu ne puisses plus y échapper : tu es aux yeux et aux mains des hommes pour le reste de tes jours, pour le temps qu'il te reste à faire, qui ne t'appartient plus, ton temps donné avec ton corps, ta vie, quoi d'autre...

... Je te donne aux autres comme si je te donnais un baiser ou une caresse avec leurs lèvres, avec leurs mains, cette ombre portée des miennes sur ton corps offert, qui se prête à tout : à toutes les amours. Se plie à tout. Se rend à l'évidence : notre existence ne tient plus dans les limites de notre corps. Elle touche à tout, touchée de partout. Par tout ce qui rôde autour d'elle : les autres, la mort... Je ne comprends pas ces phrases. Je les recopie. Pour que mes doigts les touchent et que mon bras en suive les courbes, mes épaules le mouvement lent, précipité, mes lèvres le souffle, mes yeux la trace. Mais je ne comprends pas plus, je sens seulement ce qu'elles me cachent. Dans leurs fissures, dans leurs sillons. Ceci : *... ce n'est pas toi qu'il prend en photo, Bob MacFarlane, mais moi, moi seul et tous ceux-là qui te regardent comme si tu y étais, captifs de ton image, prisonniers d'elle, de toi. Qu'ils ne connaissent pas, qu'ils croient connaître comme jamais tu ne te connaîtras : ils te voient tout, ils te voient toute. Par le trou de serrure de ce portrait de femme qui te ressemble comme une chambre à une chambre, un lit à un lit. On frappe à la porte et tu nous ouvres : tu nous souris. Tu n'as pas eu le temps de te rhabiller. On entre là-dedans comme dans un rêve, comme dans du vent. On est tout de suite chez soi. Dans des draps blancs comme du néant, comme à côté de la vérité. À son chevet pour l'éternité...* Eve B. a rajouté, entres les lignes et dans la marge, d'une écriture penchée, chaque lettre exagérément couchée, et comme pliée sous les caractères trop appuyés de Chester Head : *je suis*

un fantasme habillé en fille pour que chaque homme voie dans mon corps l'intérieur de sa propre tête, toute sa conscience dans un sein ferme, toute sa mémoire dans un derrière, le rêve de sa vie aussi étroit qu'une vulve qui ne s'ouvre jamais que par la force, comme l'œil des morts entre deux doigts que l'on écarte pour voir dedans que le regard est mort, bien mort, et qu'on referme presque aussitôt comme leur mâchoire qui s'est ouverte dans un dernier souffle avec la force de ses deux mains serrées comme un étau pressant le haut du crâne et le bas du menton sur les lèvres maintenant bleuies qui se mordent l'une l'autre dans l'absence d'air, de mot, dans un silence qui... La phrase ne finit pas : elle ne finirait jamais... Il manque une lettre à ce paquet qui mette un point final à cette histoire et nous dispense d'aller plus loin. Trop loin.

Je les traîne partout, ces lettres. Je les enveloppe dans le bustier noir et les emporte avec moi dans les restaurants, les bars et les cafés, les parcs, les squares où je m'assois pour les relire, pour la centième fois, toujours au hasard, tirant une lettre ici et là après les avoir battues dans tous les sens, comme on tourne le barillet d'un revolver rempli à moitié avant d'en pointer le canon contre son cœur ou sur sa tempe. On lit : ... *un agent double, oui, voilà ce que je suis. J'achète, je vends. Te donne, te prends. Dans le même mouvement. Ton mac et ton client. Un souteneur d'âmes. D'âmes comme toi, toutes putes : elles vont de corps en corps dans lesquels elles logent pendant quelques heures, seulement, après quoi goodby, adieu. Je ne donne pas cher de toi : tu finiras comme toutes les autres dans un dollarama, parmi les invendues. Je passerai là, comme par hasard, entre les briquets et les rasoirs, dans le rayon des articles pour hommes et je te prendrai. T'aimerai. On passera à la caisse ensemble. Je paierai cash : un dollar cinquante, plus taxe. On sera quittes pour la vie entière. Je t'appellerai Abelle, comme autrefois, tu m'appelleras comme tu voudras : on sera frère et sœur pour l'éternité...* Plus haut : ... *Toi ? un vrai cadeau, qu'on ne reçoit pas, mais donne. Et donne éperdument. Sans rien demander, ni rien attendre. On donne ton corps à l'amour. On donne cet amour-là à tous les hommes pour qu'après ils nous le redonnent, augmenté du leur, qui fait l'amour plus fort, le don plus grand. Ton corps fait boule de neige avec leur corps, qui te nourrit de leur amour que je fais*

111

mien. Je t'aime d'un amour qui n'est à personne : d'un amour nombreux. Et innombrable... Il la prostitue à tout ce qui passe comme à lui-même. Il se la vend. Paye de sa vie, comptant. Toute la valeur de cet amour, qui passe de main en main, est dans ce trafic de corps où chaque jour, chaque nuit, tel membre ou tel organe, la paume, le cœur, augmente de prix : son âme est aux enchères, qui montent et montent puis tombent d'un coup, comme un cadavre au milieu de la foule... *Je t'aime comme si je te perdais puis te retrouvais, longtemps après, dans le même bustier, la même jupe noire, une bosse sur le front, une ecchymose au bras droit, une simple éraflure sur la cuisse gauche. Intacte. Les balles te frôlent, les lames, les poings aussi, comme toutes ces mains entre lesquelles tu passes comme du vent entre deux portes... Des portes qui claquent dans ton dos nu quand tu te jettes sur ton lit dur comme dans la rue, encore, sur le trottoir, inerte parmi la foule...* Chester ne s'arrête pas de redire sous toutes les formes qu'Eve B. est l'arme du crime et sa victime, dans la même personne, parce qu'un corps comme le sien ne peut que se retourner contre elle : chaque jour de sa vie lui enfonce le corps dans le corps un peu plus creux, un peu plus loin, et c'est un miracle qu'elle y survive.

Je récris cette histoire comme si c'était la mienne. Je me fais complice à chacune des phrases que je transcris. Où je laisse mes propres empreintes. Sur celles de Head ou d'Eve B. Je jette une ombre sur leurs deux ombres. Rature ces deux coquilles, qui portent sur le même mot, presque le même nom. Je fais une croix sur cette erreur. Oui. Je le couvrirai, Head, Read, ou appelez-le comme vous voudrez. Je protégerai sa mémoire, et le reste : sa vie, Eve Beverly, les crimes atroces qu'ils auront commis. Je suis cette mémoire, maintenant. On dit innocents tous ceux qui ne savent rien. Ceux qui savent tout, comme moi à présent, sont les coupables, coupables à vie : il faudra payer.

Je quitte les flics aujourd'hui même. Je prends ma retraite, prématurée. Je suis trop vieux pour ce métier. Cette histoire-là a mis des mois et des années : elle m'a vieilli, rouillé. D'un coup. Comme si c'était à moi et à moi seul qu'elle était arrivée. Que j'en gardais le secret dans mon pas lourd, mes rhumatismes, mes yeux pochés.

Je n'ai plus de vie devant moi et trop derrière : je marche tout croche, déséquilibré. Je sors tous les matins faire une promenade dans Central Park. Le jour est noir comme un polar. Il pleut parfois, pleuviote. On ne se sent bien que sous le crachin, à l'abri des regards, fixés au sol, aux flaques, aux pieds, sous les collets remontés, les parapluies. On est les seuls à regarder le ciel, le ciel tomber. On se traîne les pieds jusqu'à Broadway, jusqu'à Times Square, dans les petites rues avoisinantes, jusqu'au Roxy ou jusqu'au Eve, où l'on s'engouffre, trempé aux os, avec son odeur de chien mouillé qui ne vous quitte plus de la journée. Les images défilent comme si c'était la vie. Plus vite encore. Comme si c'était votre mémoire, avec son montage serré, ses mouvements brusques, accélérés : des filles et des filles et puis soudain Eve B., un figurant, derrière, qui ressemble à McIntyre, une vieille maquerelle, un vieux caïd, Wright et Read tout crachés, c'est le cas de le dire, tout ça tourné par MacFarlane, ou l'un de ses sbires, sur une « idée » de Chester Head ou de Lester Read, d'une autre encore de ses multiples personnalités. On n'a pas ri, et pas pleuré, n'a pas eu peur, pas même bandé. On s'est ennuyé, terriblement. On se dit la vie, c'est toujours le même film. Les personnages changent, pas les acteurs : ces centaines de têtes anonymes qu'on voit dans la rue sur des corps qui portent le même imper, gris fer, beige clair, comme ces dizaines de filles filmées dans toutes les positions la même peau lisse uniformément bronzée.

On rentre chez soi. Allume la lampe, se met à table, commence à écrire ce livre, dont je ne sais trop ce qu'on va penser : cet homme est fou, direz-vous, il faut l'enfermer. Ou bien c'est toute l'Histoire qui est détraquée : il faut changer de temps, de lieux, changer de peau pour lui donner un sens, donner un visage à ce qui a perdu la face et la mémoire dans le même coup de tête, donner le nom de Chester Head à l'être humain, le corps d'Eve B. à tout ce qui vit dans ce bas monde, ou y survit, faire des histoires avec l'Histoire pour qu'elle paraisse moins insensée. La vie ne pardonne pas : si on la pousse à bout elle finit par une mort, au moins. Et ça tombe sur vous, tout le temps. On fouille votre mémoire, après. Perquisitionne votre passé. Dans tous les tiroirs il y a un fusil, dans tous les placards il y a un cadavre. On cherche plus loin : on vous découvre dans votre lit, immobile pour l'éternité. À côté de vous : cette grande tache d'ombre en forme de fille que tous vos rêves projettent, un film noir comme on n'en voit plus, tourné dans une autre vie, avec les moyens du bord, une chambre sombre que les draps blancs éclairent comme un fluorescent, un acteur amateur trouvé dans la rue parmi les passants, un revolver dans sa paume droite comme une main de femme qu'il pose contre son cœur, quand tout son corps s'endort dessous pour la dernière fois, dans un sommeil si doux que c'est un baume puissant sur cette énorme plaie de lit qu'aura été sa vie d'avant... Bref : nos rêves nous tuent, et c'est un souvenir très vieux qui leur tient le bras, tendu vers nous, et la main qu'ils portent et le doigt qu'ils pointent vers notre tête et notre cœur, pour nous montrer sans équivoque la porte de sortie et puis au-delà... le point de non-retour, l'horizon franchi.

Même quand on meurt de sa belle mort, c'est par les morts qu'on a semées puis enterrées au fond de soi qu'on est saisi de l'intérieur... saisi à froid. On étouffe son dernier mot entre leurs

114

doigts, dont le souvenir nous revient comme un haut-le-cœur, un hoquet d'âme, qui remonte de bien plus loin qu'où on n'aura jamais été, qui remonte le temps jusqu'où ça se sépare de l'éternité comme chaque homme d'avec l'Homme, chaque histoire d'avec l'Histoire, moi-même de Chester Head comme Lester / Read d'Eve Beverly.

La mémoire cache des micros dans son passé. Ça fait des bandes et des bandes de cris et de murmures, tous insensés. On réécoute ça, après : on ne reconnaît pas même sa voix. On ne reconnaît rien : aucun des crimes qu'elle nous met sur le dos, qu'elle nous met dans la bouche comme si ces balles et ces couteaux qui sifflent dans nos oreilles n'étaient que des mots, du vent, qui nous passait par la tête, jetait tout par terre et nous laissait fin seul au milieu des ruines à nous demander comment on va tout rebâtir, tout remettre en ordre dans un tel bordel, un tel charnier. Sa vie entière en état d'arrestation. De prostration. De suspension des fonctions vitales les plus banales : inspirer, expirer, souffler un peu entre deux courses, les fuites et les poursuites à quoi se résume l'histoire d'un homme, réduite à quelques pas dans un couloir obscur franchi à la vitesse du son qu'ils font claquer contre les murs.

On se promène avec une balle dans le front, que toute sa vie on tente d'extraire. Ça laisse un trou, après. Gros comme le doigt. Comme une mémoire qui tiendrait toute dans une cartouche. Sa poudre blanche, mortelle, répandue toute dans la cervelle. On meurt de ça, un jour. Du trou que laisse dans sa vie d'homme la balle de douze qu'on se retire du crâne ouvert, au ralenti. Comme un remords ou un regret, de la boîte noire de ses souvenirs, comme une image que l'on censure dans ce film d'horreur qu'est sa mémoire, où l'on joue tous les rôles, y compris celui du type bizarre qui coupe, après, tous les passages compromettants comme si c'était des têtes encore, qu'il pose sanglantes sur les tablettes, affaires classées parmi ses affaires : une mèche de cheveux de sa bien-aimée, une vieille photo de sa mère, une bible, un pistolet jouet qu'on lui a donné le jour de son dixième anniversaire.

Je marche dans Manhattan des nuits entières. J'aurais trop peur d'aller me coucher. Mon lit est celui d'un fleuve où chaque matin on repêche un nouveau cadavre, en se demandant qui ça peut être, jusqu'à ce qu'on reconnaisse sa propre face dans le miroir fêlé de sa salle de bains : c'est Chester Head, avec la tête qu'il a, cette mémoire que j'ai, ce visage qu'on a, tous les deux, coupé au milieu par une balafre, l'effet choc d'un coup raté. Des ongles de femme ? Un couteau de flic ? On croit rêver, on ne fait que dormir. Profondément. Dans des eaux troubles, dans une torpeur généralisée : celle des noyés. On s'est mouillé dans les draps d'un autre où l'on s'enroule pour ne pas geler. On se retourne dans son lit double comme dans une double vie qu'on mène avec soi-même et une quelconque Eve Beverly : c'est chaud, c'est froid. On n'attrape rien, au bout de ses bras, au bout de ses doigts. Rien que ça : une fièvre forte. Une malaria. On couche dans des marais. Cette flaque de nuit à côté de soi, c'est sa mémoire vivante, comme une eau morte ressuscitée. Elle ne retient rien. Elle perd tout son contenu, par nos quatre membres écartelés, comme des souvenirs qu'on ne supporte plus : il faut en finir avec eux comme avec soi-même, se débarrasser du plus clair de sa vie dans les zones d'ombre les plus obscures, les fonds de ruelle, les chambres d'hôtel, les bars clandestins, les clubs privés et les parkings souterrains, avec leur clientèle sélectionnée, leurs hommes et leurs femmes élus, par leur destin, de mort violente, accidentelle, pour traverser en solitaire les turbulences de leur vie, les grandes poches d'air que la mémoire creuse de ses mains nues dans leur histoire pour qu'ils se sentent tomber, qu'ils sachent que marcher

116

droit n'est pas normal, marcher debout et la tête haute, quand tout leur dit dans ce bas monde qu'il faut ramper, creuser sa tombe dans chaque mouvement qu'on fait d'un point à un autre comme on irait de vie à trépas sur une seule jambe, le corps et l'âme en déséquilibre, le cœur bourré, la cervelle soûle, la mémoire noire et tout le reste comme endormi entre ses bras, comme évanoui entre deux draps.

On est dans son lit comme dans la rue : un pur inconnu, à qui personne ne s'adresse, pas même le nom que l'on s'entend prononcer en rêve dans la bouche mille fois baisée de la femme qu'on aime, à qui il ferme les lèvres définitivement comme un canon qu'on y enfonce. Non, on n'est plus soi-même. Entre des draps ou sur les trottoirs où l'on cherche désespérément la seule personne qui nous reconnaisse. On n'adhère plus à sa vie, dont on est comme décollé, décroché : une ombre derrière soi, l'odeur qu'on laisse sur son passage, le souvenir frais, qui reste dans l'air, du corps qui l'a fendu, laissant par terre des fragments de vide où l'on ne se reconnaîtra jamais, où l'on se ramasse avec un balai, un porte-poussière et se met au rebut. Voilà, c'est ça, marcher dans la nuit noire et ne pas savoir à quel coin de rue on va tourner et de quel côté. Dormir dans un lit simple et ne pas pouvoir se retourner sur un corps aimé sans risquer de tomber dans le vide ou de s'étouffer dans son oreiller.

On marche quand même : on dort éveillé. La rue renvoie des images de draps que l'on déplie pour faire son lit sur un canapé, pas pour longtemps, une ou deux nuits. On n'est jamais chez soi : chez un tel et chez tel autre. Comme une prostituée. Je vais parfois chez Chester Head, dans son deux-pièces dont j'ai la clé. Je m'y installe pour quelques heures, le temps de fouiller dans mes souvenirs, puis je ressors, plus amnésique que je ne l'ai jamais été. Les rues la nuit sont le lit défait des insomniaques, où l'on se retourne à tout bout de champ, cherchant un peu de chaleur, de la fraîcheur humaine comme une âme sœur qu'on aurait perdue, avec sa mémoire qui vous a lâché. On regarde à gauche, à droite. Derrière. Cherchant je ne sais trop quoi, dans cet oubli de soi-même où l'on va seul, à l'aveuglette. Une femme est là, parfois, son corps sorti d'une vieille photo. Jaunie, mal développée. Elle marche devant. L'épaule voûtée, très légèrement. Les reins cambrés. Comme si elle avait dans le dos un couteau d'homme, qui la piquait, la démangeait. Mon regard la pousse, et elle le tire, l'attire : on est attachés par la lame et le manche qui brillent dans le noir d'un même regard fiché en elle, en moi, comme une douleur qui se communique par la même histoire, même de loin, même à des milles. Elle porte un bustier noir, qui lui découvre le haut des reins, les omoplates et les épaules, qui lui découvre la vie, la peau si tendre entre ses os, plus douce que tous les baisers qu'on y mettrait, que toutes les lèvres qu'on y poserait, froides comme des larmes, chaudes comme des plaies. Une jupe étroite souligne ses hanches, qui se déjantent : elles vont à gauche, à droite, comme une jument qui irait l'amble, se cabre, se cambre, poursuit sa route sans se retourner, comme dans un lit où on dort sur le ventre, la tête dans l'oreiller, tout agité par ses cauchemars dont on essaie de se secouer, avant qu'ils nous étouffent. On est au trot derrière cette chose : de la présence réelle, du sang dans des artères, de la chair fraîche, du nerf. On est derrière sa propre histoire, celle qu'on vous fera, plus tard, dans les annales judiciaires. On suit cette femme comme si on était son passé même, qui lui revient par la porte arrière : on frappe, on frappe, mais elle n'ouvre pas, elle suit son chemin dans le fond de ses rêves, elle tourne à droite, à gauche, dans le balancement de ses hanches, le soulèvement de ses reins.

On se rend compte qu'on est en vie. Que tout ça se passe dans la réalité, la nuit. À la vitesse de l'éclair. La femme est en

118

chair et en os, et moi aussi. La rue est en réel. En décor naturel. *film*
La scène tournée en extérieur. On est loin de sa chambre, et
loin de son lit. Je ne me suis jamais senti aussi distant de ma
vie, de mon sommeil : je sens le froid dans le dos, et cette chaleur qui me vient d'elle, devant. Une fièvre forte. La tempéra-
ture monte et baisse à chaque pas comme un coup de chaud et
un coup de froid qui frappent la terre entière à chaque mouvement qu'on fait pour y échapper. La nuit s'assombrit au fur et
à mesure qu'on la pénètre, qu'on entre en elle comme dans les
dernières heures de sa vie, que l'on repousse un peu encore,
comme nos yeux font de cette ténèbre où ils s'ouvrent plus
grand à chaque enjambée : deux paumes aux doigts écartelés
qui poussent une porte trop lourde pour une seule main. On est
en cavale dans son histoire, on s'est échappé de soi-même : on
enfonce une porte blindée chaque fois qu'on met un pied devant l'autre comme si on mettait sa vie en danger, son propre
corps en balance avec sa propre mort qui lui entrave le pas, le
fait trébucher. On se rend compte que la réalité est bien plus
dure qu'on ne l'avait pensé : il faut la forcer, il faut l'enfoncer.
On donne un coup d'épaule et on est secoué. On se réveille de
ce qu'on pense, d'un coup, comme on le ferait d'un rêve. On
sort de sa tête et le voit bien : la réalité nous a rattrapé.

Je sens des pas derrière, qui me poussent devant. Je suis
dans un étau : le corps de dos d'une femme que je ne connais
pas, la tête de face d'un homme que je connais trop, chacun de
son côté, qui me prennent en grippe. Et en écharpe. Je suis entre
deux portes. Claquées au nez, derrière la nuque. Coincé à vie
dans cette enfilade. Ce défilé. Et enchaîné à cette cordée. Ça
roule et ça déboule. On fend la rue à la vitesse de l'air, mais on
dirait qu'on n'a pas bougé : on fait la queue, et on attend. À
grands pas qui sonnent sur le trottoir. Comme vont et viennent
des dizaines de patients dans une salle d'attente bondée, qui

119

attendent quoi ? D'être guéris de leur attente ? Et soulagés de
ce poids-là : marcher, marcher, comme on dit espérer. Drôle
de cortège, drôle de convoi. Je presse le pas. Je presse ce corps
qui se comprime juste devant moi : il prend de moins en moins
de place dans la réalité, de plus en plus dans le monde du rêve
ou de mon passé, son dos se dénude et ses hanches aussi, qui
accélèrent mon pouls, mon pas, mais ralentissent mes facultés
mentales, empoissent ma tête d'une autre mémoire qui est
comme une ouate dont on me bourre le crâne, bien que j'en-
tende, oui, plus fort encore, des pas qui courent juste sous mon
ombre, un bourdonnement dans mes oreilles, des coups de
timbale à chaque seconde. Cette femme, c'est un avenir que je
n'aurai pas. Cet homme, c'est un passé qui me rattrape, et qui
m'aura. Tout se rapproche, dans un présent qui ne finit plus. Je
touche à cette femme, maintenant, comme on touche à sa fin.
J'ai mon haleine dans ses cheveux, mes pas dans ses pas, sa
vie entre mes mains, mais j'ai un souffle derrière le crâne, une
âme d'homme qui sent le tabac, les alcools forts et les sueurs
froides, qui me glace la nuque. Cette femme est l'ombre devant mes yeux d'un homme qui la projette à travers moi, par
ma mémoire défaite qui est comme un trou dans ma pauvre
tête par où passe tout le réel d'un coup. Cette femme, c'est toute
ma vie qui me tourne le dos. Et fuit. Je la pourchasse. De toute
la force de mes pensées, de mes souvenirs tendus vers ça : un
corps réel, un corps rêvé, qui fasse mentir la réalité. Je suis ces
reins qui me montrent le chemin, m'égarent. Je me dis : cette
femme est recherchée, c'est moi qui la retrouverai. Mettrai la
main dessus, la confondrai. Je ne sais plus où j'en suis : je tends
le bras, l'attrape par le collet, la queue de cheval qui bat dans
l'air, à gauche, à droite, au rythme de ses hanches. Et je ne sais
pas ce que ça m'a fait, comme si la vie me quittait : un long
couteau comme un poing d'homme entre les côtes, sous mes

épaules qui tombent, ne supportent plus ma tête, qu'elles laissent tomber, dans le même fracas, le même bruit mat de corps effondré avec une poignée de cheveux entre les doigts et qui en touchant le sol s'enfonce la lame jusqu'aux poumons, aux bronches et où encore, au cœur, au cœur, au cœur qui cessera de battre avant que je n'aie pu dire mon dernier mot.

Liste des illustrations

Michel Bricault vit et travaille à Belœil, au Québec.

Romans parus à L'instant même :

Extrait du catalogue de nouvelles :

ACHEVÉ D'IMPRIMER
EN SEPTEMBRE 2000
SUR LES PRESSES DE AGMV-MARQUIS
MONTMAGNY, CANADA